JN212794

ボヘミアの醜聞

目次

名探偵シャーロック・ホームズ

ボヘミアの醜聞

ライゲイトの大地主……5
田園での静養……7
御者が殺された……14
フォレスター警部の訪問……18
興味ある発見……25
カニンガム氏の屋敷へ……31
きみょうなどろぼう……37
とつぜんの犯人逮捕……44
残されたメモのなぞ……50
とかれた事件の真相……59

ボヘミアの醜聞(しゅうぶん) ……71

ワトスンのホームズ訪問(ほうもん) ……73
外国のびんせんに書かれた手紙 ……83
仮装用(かそうよう)マスクをつけた依頼人(いらいにん) ……87
国王の秘密(ひみつ)写真 ……96
写真取りもどし作戦 ……104
教会へいそぐふたり ……112
変装(へんそう)するホームズ ……121
とつぜんのけんかさわぎ ……125
写真のありかを教えたアイリーン ……130
秘密(ひみつ)の写真はどこへ ……137

物語の中に出てくることばについて ……150
ホームズをもっと楽しく読むために ……164
●この本の作品について ……164
●ホームズがかつやくしたころの、旅行のようす ……173

ライゲイトの大地主
THE REIGATE SQUIRES（原題訳「ライゲイトの大地主」）

ボヘミアの醜聞
A SCANDAL IN BOHEMIA（原題訳「ボヘミアの醜聞」）

ライゲイトの大地主

田園での静養

それは、一八八七年の春、わが友シャーロック・ホームズが、はたらきすぎでたおれてしまい、まだ十分に元気を取りもどしていないときのことであった。

オランダ領スマトラ会社事件や、モーペルテュイ男爵の大陰謀事件の内容は、世の中の人たちがそのことを、まだなまなましく記憶しているうえに、政界や経済界ともふかくかかわっているので、わたしの事件記録の題材としてはふさわしくない。

しかし、この事件がきっかけとなって、きみょうで複雑な事件に出あうことになったのだ。そこでホームズは、いままでにないきわめて新鮮な方法を用いて事件を解決し、その真価を世にしめしたのだった。

ノートを見てたしかめてみると、ホームズがホテル・デュロンで病気にか

オランダ領スマトラ会社事件
モーペルテュイ男爵の大陰謀事件
ともに、語られていない事件。

かり、たおれたという[1]リヨンからの電報をうけとったのは、四月十四日のことであった。

二十四時間もしないうちに、わたしはかれの病室へかけつけた。病状をみるとたいしたことがないので、わたしは安心した。

しかし、鉄のようにじょうぶなホームズの体も、二か月以上もつづいたきびしい調査活動ですっかりつかれはて、健康をそこねてしまっていた。

その事件を調査しているあいだじゅう、かれは毎日十五時間以上はたらきどおしであったという。また、五日間まったく休まずに仕事をしたことも、一度や二度ではなかったということだ。

その努力のおかげで、事件を解決することはできた。が、ひどいつかれのあとでみまわれる、[2]かれどくとくの後遺症から、のがれることはできなかった。

ヨーロッパじゅうにホームズの名声はとどろき、かれの部屋は、祝電の山でまさに足首までうずまろうというのに、本人ときたら、ひどいうつ状態におちいってしまっていた。

ヨーロッパ三か国の警察が失敗した事件を解決するのに成功し、ヨーロッパ一といわれる詐欺師を、すべての点で出しぬいたということも、かれの精神のいたでをいやすには、あまり役立たなかった。

三日後に、わたしたちはベイカー街[*3]に一緒にもどってきた。ホームズを転地させて、どこかで静養させるほうがよいことは、はっきりしていたし、わたしも春の一週間を田園地域ですごすのは、なかなかよいアイデアだと思った。

わたしの古くからの友人のヘイター大佐が、いまではサリー州[*4]のライゲイトの近くに屋敷をかまえていて、一度たずねてきてほしいと、しばしば便りをくれていた。

ヘイター大佐は、わたしがアフガニスタンの戦地で、治療をしたことのある人物なのだ。そして、最近も、もしホームズが一緒にきてくれれば、とてもうれしいという便りがきていた。

アフガニスタンの戦地
ワトスンは、アフガニスタンに軍医として赴任し、第二次アフガン戦争にまきこまれ、マイワンドで重傷をおった。

ホームズをうんといわせるには、多少のかけひきが必要であった。大佐が独身で、えんりょはまったくいらないとわかると、ホームズもやっと、わたしの計画にさんせいした。

このようなわけで、わたしたちは、リヨンから帰って一週間後には、ヘイター大佐の家の客となっていた。

大佐は年をとっている軍人だが、元気で、世の中のことはなんでもよく知っている男だった。そして、わたしが思ったとおり、ホームズとはよく話が合うようであった。

大佐の家に着いたその夜、夕食のあとで、わたしたちは銃器室でくつろいでいた。ホームズはソファーの上に横たわり、わたしはヘイターと、かれのちょっとした武器のコレクションをながめていた。

「さて、危険にそなえて、このへんのピストルを一丁、上へもっていくとしようか」

と、大佐がとつぜんいった。

銃器室 鉄砲などの銃砲類を保管しておく部屋。

「危険にそなえてですと！」

と、わたしはいった。

「そう、最近この近くで、ひとさわぎありましてね。この前の月曜日には、この州の有力者であるアクトン老人の屋敷に、どろぼうがおしいったのですよ。被害はたいしたことはなかったのですが、犯人はまだつかまっていないものですから」

「なにか手がかりになるものは？」

と、顔をあげ、大佐をじっと見つめて、ホームズはたずねた。

「いまのところ、なにもないのです。しかし、ホームズさん、これは田園地域での、つまらない事件ですから、国際的に、あのように大がかりな事件を解決されたあとでは、ものたりなくて、興味もおもちにはならないでしょう」

ホームズは手をふって、このおせじをうちけしたが、まんざらでもなかったようで、うれしそうにほほえみをうかべた。

「なにか、めだつとくちょうはありませんでしたか？」

「ありませんな。どろぼう連中は書斎をあらしたのですが、苦労のわりに、えものは少なかったようです。引き出しは開き、書だなはひっかきまわされ、部屋はもう、めちゃめちゃにあらされていましたが、ぬすまれたものは、ポープが訳したホメロス[*5]のはんぱな本一冊と、めっきのロウソク台が二本、象牙でできた文鎮一個、カシの木でできた小さい晴雨計ひとつ、それに麻糸の玉がひとつ、それだけなのですからね」

「なんとも、きみょうな組み合わせですね！」

と、わたしはさけんだ。

「そう、犯人連中はどうやら、手あたりしだいに、ぬすみだしていったようなのです」

ホームズが、ソファーの上から、不満げなうめき声でいった。

「州警察は、そこからなにかをかぎだすべきでしたね。なんといっても、これはあきらかに……」

そこで、指を一本出して、わたしはホームズに注意した。

「ねえ、きみはここへ、静養にきているのじゃあなかったかい。そんなに神経がぼろぼろになっているときに、たのむから、あたらしい事件になど、首をつっこまないでほしいね」

ホームズは肩をすくめて、あきらめたというふうに、少しおどけた目で大佐をちらっと見た。そのあとの話題はまた、事件とは無関係なものとなった。

しかし、医者としてのわたしの注意は、まったくむだになってしまった。というのは、次の日の朝、どうやっても、だまってすますわけにはいかない形となって、わたしたちのところへ事件がとびこんできたのだ。

おかげで、この田園での静養は、ホームズとわたしにとって、まったく予期しない方向へとすすんだのである。

御者が殺された

わたしたちが朝食をとっていると、日ごろ礼儀正しい大佐の執事が、あわてふためいて入ってきた。

「ご主人さま、お聞きになられましたか？　カニンガムさまのところで」

と、はあはあと息を切らせて、かれはいった。

「強盗か！」

と、大佐はコーヒー・カップをもったままで、さけんだ。

「人殺しです！」

大佐は、ひゅうと口ぶえを鳴らし、さけんだ。

「なんだって。殺されたのはだれだ？　治安判事か、むすこのほうか？」

「どちらでもありません、ご主人さま。やられたのは、御者のウィリアムです。心臓をうたれて、ひとこともいわずに、即死だったそうです」

治安判事
　下級判事で、ある一定の地域の治安を守るために任命される。小さな事件では、すぐに判決をくだす裁判も行う。

「で、だれにやられたというのだ？」

「強盗にです。鉄砲玉みたいに、あっというまに、たちまち消えてしまったのだそうです。犯人が食器室の窓から、ちょうどしのびこんだところを、ウィリアムが発見して、主人の財産を守ろうとしたばかりに、気のどくな最期をとげたというわけです」

「いつのことだ？」

「昨日の夜なか、十二時近くだったそうでございます」

「そうか。では、あとで行ってみよう」

大佐はそういうと、しずかに朝食を食べはじめた。

「いや、とんでもないことになりましたな。このあたりでは、カニンガム老人は有力者ですし、なかなかりっぱな人物です。こういう事件がおこって、さぞ気落ちしているでしょう。なにしろ、あの御者というのも、長いあいだかれのところではたらいていたのでね。これは、どう考えても、アクトンの屋敷へしのびこんだ者と、同じやつらのしわざにちがいないですな」

と、執事が出ていくと、大佐がいった。

「あの、はんぱなものばかりをぬすんでいった連中のことですね」

と、ホームズは考えこみながらいった。

「そうです」

「そう、これは、まったく単純きわまる事件かもしれません。しかし、ちょっと考えてみても、なにかきみょうではありませんか。田園地域をねらう強盗の一味というのなら、おしいり先を次つぎにかえたらよさそうなものです。二、三日のうちに、同じ地区で、二軒の屋敷におしいるとはとても考えられません。それに、昨日の夜、あなたが強盗の用心にとピストルをおもちになったとき、このあたりはイングランド[*6]でも、どろぼうたちがもっとも目をつけない地域だという気が、わたしにはしましたがね。これは、どうもわたしの考えちがいでした」

「おそらく、この土地のやつらのしわざでしょう。それなら、アクトンとカニンガムの屋敷をねらったのも、あたりまえというものです。両方とも、ここらあたりでは、なみはずれた大邸宅ですから」

「そして、金持ちでもあるというわけですか？」

「まあ、そういうわけですが、このふたりは数年前から訴訟をおこしていまして。ですから、どちらもその支払いで赤字でしょう。アクトン老人は、カニンガムの土地の半分を、自分の所有地だといっているのですが、どちらも弁護士をたてて、争っているのです」

「この土地の者が犯人というのなら、つかまえるのも、たいして手間じゃないでしょう」

と、ホームズはあくびをしながらいった。

「だいじょうぶ、ワトスン。ぼくはよけいな手出しはしないさ」

「フォレスター警部がおみえでございます」

さっとドアを開けて、執事が入ってくるなり、そういった。

フォレスター警部の訪問

「おはようございます。大佐、おじゃましてすみませんが、ベイカー街のホームズさんがこちらだと、うかがったもので」

部屋に入ってきたのは、かしこそうで、するどい顔の若い警官だった。

大佐がホームズを手でさすと、警部はおじぎをした。

「ホームズさん、あなたにおいでいただけないかと思い、お願いにまいりました」

「ワトスン、運命はどうも、きみにさからうようだね」

と、笑いながらホームズはいった。

「警部さん、いまちょうど事件のことを話していました。もう少しくわしく、お話を聞かせてもらうことにしましょうか」

いつものように、ソファーの背にホームズがよりかかったので、わたしも、もうしかたがないと思った。

「アクトン事件では、なにも手がかりをつかむことはできませんでしたが、今回は、いくらでもあります。どちらも、同じ者の犯行だということはたしかです。犯人は目撃されています」

「ほう！」

「そうです。しかし、犯人はウィリアム・カーウァンを射殺すると、シカのようなすばやさでにげています。にげる犯人のすがたを、寝室の窓からカニンガム氏が見ていますし、むすこのアレック・カニンガム氏のほうも、裏手から犯人を目撃したそうです。事件がおこったのは、十二時十五分前でした。

カニンガム氏はちょうどねようとしたところで、アレック氏はガウンを着てパイプをふかしていたところでした。ふたりとも、御者のウィリアムの助けを求める声を聞いています。なにごとかとアレック氏が下へかけおりていきますと、裏手のドアは開いたままで、階段の下まできたときに、ふたりの男が、外で格闘しているのが見えたのだそうです。そのうちのひとりが銃をうつと、もうひとりがたおれ、犯人は庭を走り、生垣をこえてにげていきました。

カニンガム氏は寝室の窓から外をながめていて、ちょうど犯人が道路に出たところを目撃したそうですが、すぐに見えなくなったということです。アレック氏は、死にそうなウィリアムをなんとかしようと立ちどまったので、そのあいだに犯人はすがたをくらましてしまいました。

中肉中背で、黒っぽい服を着ていた男ということのほかには、犯人の手がかりはありませんが、われわれは全力をつくして捜査中です。犯人がよその土地から入ってきた者なら、すぐに発見できるでしょう」

「ウィリアムは、そこでいったいなにをしていたのですか。死ぬ前に、なにかいいのこしたことはありませんでしたかね」

「いや、なにもいいのこしませんでした。かれは母親と番小屋でくらしていましたが、きわめてまじめな男でしたから、なにか異常がないかと、見まわりをするつもりで屋敷のほうへやってきたのでしょう。先日、アクトン家で

番小屋　番人が番をするための小屋。

の事件があってからは、だれもがみな警戒するようになっていますから。強盗がドアをこじあけた、ちょうどそこへウィリアムがやってきたのかもしれません。錠がこわされていたので、ウィリアムはそこで、ばったり犯人と顔をあわせたのでしょう」

「ウィリアムは外へ出かけるときに、母親になにかいっていませんでしたか」

「母親はかなりの年齢で、そのうえ耳が不自由なものですから、なにも聞きだせないありさまです。それに、ショックで頭も混乱しています。まあ、もともと、あまり頭が切れるほうではなかったらしいですがね。しかし、きわめて重要な手がかりがひとつあります。これです、ごらんください」

かれは、メモをやぶったような小さな紙きれを取りだし、自分のひざの上にひろげた。

「これが、殺された男の、親指と人さし指のあいだにはさまれていました。大きな紙からひきちぎった、切れはしのように思えます。ここに書いてある時刻が、被害者が殺された時刻とぴったり一致しているのがおわかりでしょう。犯人が、残りの部分をウィリアムの手からひきちぎったのか、あるいはウィリアムが、犯人の手からこれをちぎりとったのか、おそらくそのどちらかでしょう。文面からすると、待ちあわせのやくそくが書いてあったようです」

ホームズが取りあげた、その紙きれの写しをここにのせておこう。

「これが待ちあわせのやくそくだとしますと、このウィリアム・カーウァンは正直者といわれていましたが、じつのところは、どろぼうのなかまだったとも、とうぜん考えてみなければなりません。ウィリアムは犯人とそこで会って、ドアをこじあけるてつだいをしたあとで、なかまわれをしたのかもしれません」

警部の推理に対し、熱心に、紙きれをしらべていたホームズがいった。

「この筆跡は、きわめて興味深いものですね。これは思っていたよりも、はるかにむずかしい事件のようだ」

へ12時15分前に
ことを教えて
おそらく

かれは、両方の手で頭をかかえこんでしまった。警部は自分のもちこんだ今回の事件が、かの有名なロンドンの名探偵をうならせたのを見て、とくいそうだった。

「あなたが、最後におっしゃったことですが、強盗と御者がぐるで、この紙きれは、その待ちあわせのために、どちらかが相手にわたしたやくそくの手紙らしいというあなたの推理は、なかなかおみごとです。ありえないことではありませんが、筆跡からわかることは……」

といいながら、ホームズはふたたび頭をかかえると、そのまま数分間、ふかく考えこんでしまった。

やがてホームズの上げた顔を見ると、そのほおは赤くそまり、目はいきいきと、病気になる前のようにかがやいているのに、おどろいてしまった。ホームズは病気になる前とかわらぬ活気を見せて、さっと立ちあがっていった。

「いいですか。この事件についての詳細を、少しおちついてしらべてみたいのです。この事件には、きわめてひきつけられるなにかがあります。大佐、よろしければ、ワトスンとあなたはここにお残り願って、わたしは、警部と一緒に出かけたいのです。二、三、思いついたことを、たしかめておきたいので。三十分もすればもどってきます」

興味ある発見

一時間半もすぎたころに、警部ひとりだけがもどってきていった。

「ホームズさんは、あちらの野原を歩きまわっておられます。四人一緒に、あの屋敷へ行こうとおっしゃっていますが……」

「カニンガムさんのところへかね?」

「はい、そうです」

「なんでまた?」

「わたしには、まったくわかりません。ここだけの話にしてほしいのですが、ホームズさんは、どうもまだ、ご病気が完全になおっていらっしゃらないようです。ひどくきみょうな行動をなさるし、それに、へんに興奮しておいでですよ」

と、警部は肩をすくめて答えた。

「ご心配はいりません。おかしいように見えても、かれなりに、すじのとおった方法で推理しているということを、わたしはいままでも見てきていますから」

「しかし、すじがとおっているようでも、ほんとうは、気がへんになっているということはありませんか?」

と、警部は小さい声でいった。

「とにかく、大佐、ホームズさんは、いますぐにでも出かけようと、はりきっておられますので、よろしければさっそく出発することにしましょう」

わたしたちが行ってみると、ホームズはうつむき、両手をズボンのポケットに入れて、野原を歩いていた。

「事件は、しだいにおもしろい方向にすすんでいるね。ワトスン、今回、きみが提案した、田園への旅行は大成功だ。今朝は、じつにすがすがしい気分だよ」

「犯行現場へは、もうお行きになったのですね」

大佐がたずねた。

「そう、警部さんとご一緒して、だいぶいろいろとしらべました」

「なにか成果は？」

「われわれは、きわめて興味のある点をいくつか発見しました。あとは、歩きながらお話しします。

まずはじめに、われわれはあの不幸な被害者の死体を見ました。お話のとおりで、たしかにピストルでうち殺されていました」

「といいますと、そのような点まで、疑っておられたのですか？」

「そうです。どんなことでも、たしかめてみるのがいちばんです。われわれの捜査も、むだではありませんでした。そのあとで、カニンガム親子に事情を聞きました。犯人は、にげるときに庭の生垣をとびこしたそうですが、その位置を正確に教えてくれました。これは、とても興味のある点です」

「それはそうでしょう」

「次に、被害者の母親にも会いましたが、かなりの年齢で、弱っていましたので、なにも聞きだすことはできませんでした」

「それで、調査の結果はどうなりましたか？」

「この犯罪が、ひじょうにかわっていることはたしかです。おそらく、これからあの屋敷へ行けば、さらにはっきりするでしょう。警部さん、あなたも同じ意見をおもちだと思いますが、被害者が、殺された時刻の書いてある紙きれを手ににぎっていたということは、きわめて重要なことです」

「それは、手がかりになりますよ、ホームズさん」

「たしかに、手がかりをあたえてくれています。あのメモを書いたのがだれにしても、ウィリアム・カーウァンを、あの時刻にベッドからさそいだした者がいたということです。あのメモの残りの部分は、いったいどこにあるのですかね？」

「それを見つけだそうと、地面をずいぶんしらべましたがね」

と、警部はいった。

「それは、被害者の手からひきちぎられたものです。とすれば、なぜそれまでして、そのメモを取りもどしたかったのか？　それがかれにとって、犯罪の証拠となるからです。では、そのメモはどうしたかです。おそらくポケットに入れ、その切れはしが死体の手に残ってしまったことに、犯人は気づいていなかったでしょう。ですから、あのメモの残りの部分を見つければ、この事件は解決に向けて、大きく前進します」

「それはそうですが、犯人もつかまえられないのに、どうやって、犯人のポケットに手を入れることができるのですか？」

「それは、よく考えてみなければなりません。ところで、もう一点、はっきりしていることがあります。メモは、ウィリアムへとどけられたものです。

しかし、それを書いた人間が、直接自分でもっていったはずはありません。自分で行ったのなら、口でつたえればいいわけですから。とすれば、メモをとどけたのは、だれか？　郵便で送られてきたのか？」

「それは、もうしらべました。昨日の午後の配達で、ウィリアムは手紙を一通うけとっています。封筒は、本人がすててしまっています」

と警部がいうと、ホームズは、警部の背中をぽんとたたいてさけんだ。

「すばらしいね！　配達人をしらべたのですね。あなたとご一緒に仕事ができて、じつにゆかいです。さあ、これが番小屋です。大佐、どうぞこちらへ。犯行現場をごらんにいれます」

カニンガム氏の屋敷へ

わたしたちは、被害者が住んでいた、こざっぱりとした小屋の前を通り、カシの並木道を歩いていった。すると、玄関の扉の上の横木にマルプラケ戦勝記念日*7がほりこんである、アン女王様式の古めかしいりっぱな屋敷の前へ出た。

ホームズと警部の案内で屋敷の角をまわり、横手の通用門のところへ行った。

通用門と、道路に沿ってつづいている生垣とのあいだは、広い庭園になっていた。勝手口に警官がひとり立っていた。

「ドアを開けていただけますか?」

と、ホームズはいった。

「さあ、あの階段のところから、カニンガム氏のむすこは、いまわたしたち

アン女王様式
アン女王（一六六五年～一七一四年）時代の建築様式。簡素で洗練された形体と、材料にレンガを多く使うのがとくちょう。

がいるところで、ふたりの男が格闘しているのを見たのです。父親のカニンガム氏は、あの左から二番目の窓のところから、犯人がしげみのちょうど左がわへにげるのを目撃しています。それは、むすこのアレック氏も見ています。ふたりとも、しげみがあるのでまちがいない、と証言しています。それからアレック氏は外へとびだし、傷ついた男のそばにひざまずいたのです。それ地面がこのようにかたいので、手がかりになるような足あとは残っておりません」

ホームズが話していると、屋敷の角をまわり、ふたりの男が庭の小道をこちらへやってきた。

ひとりは気が強そうで、厚ぼったいまぶたをして、ふかくしわがよった顔の老人であった。もうひとりのほうは、元気がよさそうな青年で、かれの明るく笑顔をたやさない表情と、はでな服装は、わたしたちがここへやってきた用件に、いかにもふさわしくなかった。

「おや、まだいたのですか。あなたがたみたいなロンドンの人は、失敗など

しないものと思ってましたよ。それにしても、たいして、手まわしがいいというわけでもなさそうですな」

と、青年がホームズにいった。

「まあ、もう少し時間をいただきたいですね」

と、ホームズはあいそよく答えた。

「それはそうでしょう。見たところ、手がかりはなにもないようですからね」

と、若いアレック・カニンガムがいった。

「ひとつだけあります。もし、それを見つけられればと、――いまも考えていたのですよ。おや、ホームズさん！　どうなさいましたか？」

と、警部がいった。

ホームズの顔つきが、とつぜんおそろしいものとなったのだ。目はつりあがり、顔は苦しさにゆがんだかと思うと、おしつぶされたようなうめき声をあげ、うつぶせにたおれてしまった。

とつぜんにおきた、このはげしい発作におどろいて、わたしたちは、ホームズを台所へ運びいれた。

大きないすの背にぐったりともたれて、ホームズは、しばらくのあいだ重苦しい息をしていたが、やがて、きまりわるそうにわびると、またおきあがった。

「ワトスンがご説明すると思いますが、わたしは重い病気がなおったばかりでして。ときたま、このような神経の発作が、とつぜんおこるのです」

と、ホームズは説明した。

「わたしの馬車で、お送りいたしましょうか？」

と、カニンガム老人はたずねた。

「いいえ、せっかくここまできましたから、ひとつたしかめておきたいことがあります。すぐにしらべられることなのですが」

「どのようなことでしょうか？」

「あの気のどくなことになったウィリアムが、ここにやってきたのは、強盗が屋敷へしのびこむ前ではなく、そのあとだったようにわたしには思えるのですが。ドアがこじあけられているのに、犯人は屋敷の中へはしのびこまなかった、と決めてかかっておられるようですね」

「それは、はっきりしている」

と、カニンガム老人は重おもしく口を開いた。

「なんといったって、むすこのアレックはまだねていなかったのですから。だれかが屋敷の中で動きまわれば、物音が聞こえるはずです」

「むすこさんは、どちらにおいででしたか？」

「わたしは、化粧室でタバコをすっていました」

「その部屋の窓は、どのあたりにありますか？」

「左がわのいちばんはじの窓で、父の部屋のとなりにあります」

「もちろん、おふたりは明かりをつけておいででしたね？」

「そう、そのとおり」

「どうもこの事件は、ひじょうにおかしな点がいくつかあります」

と、ホームズは笑いながらいった。

「いいですか。強盗をしようという男で、しかも前にもこういう経験がある者がですよ、明かりがついているのを見れば、家の者がまだふたりおきているとわかるはずです。わかっていながらおしいるなどとは、ふつうでは考えられないではありませんか」

「よほど、だいたんな男だったのでしょう」

むすこのアレックはいった。

「もちろん、この事件がごくあたりまえのものでしたら、ホームズさんに調査をお願いすることもありません。それにしても、犯人が、ウィリアムに見つかる前に、屋敷にしのびこんでいたというホームズさんのお考えですと、きわめておかしなことになります。それなら、屋敷の中にかきまわされたあとがあるとか、なにかぬすまれたものがあるはずですよ」

「ぬすまれたものにもよります。この強盗は、きわめてかわった男で、手口もどくとくだということをわすれてはいけません。たとえば、アクトンの屋敷からぬすまれた、きみょうな品じなを思いだしてください。――なんでしたか？――糸玉、文鎮など、あとのがらくたは、なんでしたかね」

と、ホームズはいった。

「とにかく、あなたにすべておまかせしていますので、ホームズさん。あなたや警部さんのおっしゃるとおりに、なんでもご協力いたします」

と、カニンガム老人はいった。

「それでは、まず手はじめに、賞金を出していただきたいのです。なにぶん、公のところから出すとなると、金額を決めて決裁をおろすまでに、時間がかかります。こういうことは、早ければそれにこしたことはありませんからね。ここに、その文章を書いておきましたから、よろしければサインをしてください。金額は、五十ポンドで十分だと思います」

「五百ポンドでも、よろこんでお出しします」

五十ポンド　ポンドは、英国の通貨の単位。現在の日本の諸物価をもとに考えると、一ポンドは約二万四千円、五十ポンドは約百二十万円になる。

治安判事のカニンガム老人はそういうと、ホームズのさしだした紙と鉛筆をうけとった。

「しかし、これは正確とはいえませんね」

治安判事は、書類を見ながら、つけくわえた。

「なにしろ、いそいで書いたものですから」

「『ところが、火曜日の午前一時十五分前に、犯人は侵入をくわだて……』とありますが、じっさいは十二時十五分前です」

この種の失敗を、ホームズがひどく気にすることをわたしは知っているので、このまちがいを見て、心がいたんだ。事実に関しては、いつも正確というのがかれのとくちょうなのに、最近の病気のために、だめになってしまったのだ。

この小さいできごとひとつを見ても、ホームズがまだ本調子でないことが、手にとるようにわかった。

ホームズは、いかにもこまったという表情をちらっと見せた。警部はおどろいて眉をつりあげ、アレック・カニンガムはふきだした。

カニンガム老人は、自分でまちがいを訂正すると、書類をホームズに返した。

「できるだけ早く刷らせてください。すばらしい考えだと思いますよ」

ホームズは、その紙きれをていねいに紙入れの中にしまった。

「それでは、みなさんで屋敷の中をよくしらべていただいて、このへんなどろぼうが、結局はなにもぬすみださなかったということを、確認したほうがよいと思います」

と、ホームズはいった。

屋敷内へ入る前に、ホームズはこじあけられたドアをしらべていた。ノミか、じょうぶなナイフをさしこみ、かぎをこじあけたのだ。ドアの木の部分に、さしこんだときのあとが残っていた。

「かんぬきは、使っておられないのですね？」

と、ホームズはたずねた。

ノミ
木材などの加工に使われる工具。

「その必要はありませんのでね」

「犬を飼っていらっしゃいませんか？」

「飼っているのですが、いつも屋敷の反対がわのほうへつないでおきます」

「使用人たちは、いつねますか？」

「だいたい十時ごろです」

「ウィリアムも、いつもその時刻には、ねているというわけですね？」

「そうです」

「とすると、あの事件の夜にかぎって、かれがおきていたのは、おかしいですね。それでは、カニンガムさん、お屋敷をご案内いただきましょうか」

石だたみのろうかを、横に入ると台所があり、まっすぐに行くと木造の階段があり、二階へと通じていた。そこを上がると、玄関ホールからつづく、べつのもっとかざりのついた階段と向きあった踊り場になっていた。

そして、この踊り場から、客間とカニンガム親子の寝室をふくめた、いくつかの寝室がならんでいた。

ホームズは、屋敷の構造をするどく観察しながら、ゆっくりと歩いてまわった。かれがなにかをかぎつけていることは、その表情から読みとれたが、どのように推理をすすめているのかは、まったくわからなかった。

「まあ、ちょっと、ホームズさん、こんなにまでする必要がありますかな。階段のはしのところにあるのがわたしの部屋で、その向こうがむすこの部屋になっています。犯人が、わたしたちに気づかれずに、ここまでこられるかどうかは、あなたのご判断にまかせますがね」

と、カニンガム氏がいらだたしげにいった。

「せいぜいさがしまわって、あたらしい手がかりでも、さがされればよろしいでしょう」

と、むすこもいじわるげな笑いをうかべていった。

「しかし、もう少し、おつきあいいただかなければなりません。たとえば、寝室の窓から、外がどのくらい見とおせるかなどを知りたいのです。これが、むすこさんの部屋ですね」

ホームズは、ドアをおし開けた。

「さけび声が聞こえたときに、タバコをすっていたという化粧室はあれですね。その窓からは、どこが見えるのですか？」

かれは寝室を横切り、ドアを開けて、化粧室の中を見まわした。

「もうよろしいでしょう？」

カニンガム氏は、強くいった。

「ありがとうございました。見たいところは、これでぜんぶだと思います」

「もし、ほんとうに必要ということなら、わたしの部屋へもご案内しますがね」

「ごめいわくでなければ、そう願いたいですね」

カニンガム老人は肩をすくめて先に立ち、自分の部屋へと案内してくれた。質素で、かざりもごく平凡な部屋であった。

一同が部屋を横切り、窓のほうへ行くうちに、ホームズはゆっくりと歩いたので、わたしたちふたりが最後になってしまった。

とつぜんの犯人逮捕

ベッドの近くに、小さな四角いテーブルがあり、その上に、オレンジをのせた皿とガラス製の水さしが置いてあった。

そのそばを通ったときに、ホームズがわたしの前でよろめいたかと思うと、わざとテーブルごとひっくりかえしてしまったのだ。わたしも、まったくおどろいてしまった。

ガラスは粉ごなにとびちり、オレンジは部屋じゅうにころがった。

「ワトスン、やってくれたね。カーペットが、だいなしじゃあないか」

と、ホームズはひややかにいった。

なにか理由があって、わたしに罪をなすりつけようとしていることがわかったので、わたしはうろたえながらも身をかがめると、オレンジをひろいはじめた。ほかの人たちもそれをてつだったり、テーブルをもとの場所にもどしたりした。

「おや！　どこへ行ってしまったのかな？」

と、警部がさけんだ。

ホームズのすがたが、見えなくなっていたのだ。

「ちょっと待っていてくださいよ。あの人の頭は、どうもおかしいようですね。お父さん、一緒にきてください。あの人がどこへ行ったか、さがしてみましょう！」

　ふたりが部屋からとびだしていくと、残された警部と大佐とわたしの三人は、たがいに顔を見あわせた。

「そうですよ、わたしだって、アレックさんと同じ意見ですよ。まあ、病気のせいなんでしょうが、わたしにはどうもね……」

と、警部はいった。

そのときとつぜん、

「助けてくれ！　助けてくれ！　人殺しだ！」

という悲鳴が聞こえてきて、警部はことばをとぎれさせた。

その悲鳴は、聞きおぼえのあるホームズの声なので、わたしはぞっとした。いちもくさんに部屋をとびだして、わたしは踊り場へいそいだ。

悲鳴はしだいに弱まり、わけのわからぬさけび声にかわっていった。それは、わたしたちがはじめに入った部屋から聞こえてきた。

わたしは中へ入ると、おくの化粧室へ走りよった。

すると、そこで、カニンガム親子がふたりで、シャーロック・ホームズを床におさえつけているのだった。むすこは両手でホームズののどをおさえ、父親は片方の手首をねじりあげているようだった。

わたしたち三人は、すぐに親子をホームズからひきはなした。ホームズは顔をまっ青にして、つかれきったようによろよろと立ちあがった。

「警部、このふたりを逮捕してください」

と、かれはあえぎながらいった。

「いったい、なんの容疑です？」

「御者ウィリアム・カーウァン殺しの容疑です」

警部はこまったように、あたりを見まわした。

「まあ、ホームズさん、それは本気でおっしゃったわけではありませんよね」

「とんでもない。ふたりの顔を見れば、わかるはずだ！」

と、ホームズはそっけなくさけんだ。

罪をおかしたことが、このようにはっきりとあらわれている人間の顔を、わたしはいままでに見たことがなかった。

父親は、そのとくちょうのある顔に、暗く、重苦しい表情をうかべて、気を失ったようにぼうぜんとしていた。

むすこのほうも、あの、さきほどまでの陽気で、元気のよいようすはまったくなくなり、黒い目は、おそろしい野獣のようにざんこくに光りかがやき、ととのった顔だちは、みにくくゆがんでしまっていた。

警部は、なにもいわずドアのほうへ行き、呼び子を鳴らすと、それに応えて、警官がふたりやってきた。

「カニンガムさん、やむをえません」

と、警部はいった。

「きっと、とんでもないまちがいだったということになるのでしょうが、とにかく、いまは……。なにをするんだ、それをすてろ」

アレックが撃鉄をおこそうとしていたピストルを、警部が手ではらいのけると、それは、床に音を立てておちた。

「保管しておくといいですよ。裁判のときに役に立つでしょう。きみたちがほしがっていたものは、これですよ」

ホームズは、おちついてピストルをふみつけながら、小さなしわくちゃになった紙きれを出して見せた。

「あのメモの残りの部分ですね！」

と、警部はさけんだ。

「そうです」

撃鉄 ピストルなどの弾を、とびださせる装置のひとつ。うちがねともいう。

「どこにあったのですか？」

「きっとあるだろうと思ったところにですよ。いましばらくしたら、事件のすべてをご説明しましょう。

大佐、あなたはワトスンと一緒に、ひとあし先にお引きあげください。一時間もしたら、わたしも帰ります。警部さんと一緒に、犯人たちと少し話をしなければなりませんので。昼食までには、かならず帰ります」

残されたメモのなぞ

シャーロック・ホームズは、やくそくどおり一時ごろ、わたしたちが大佐の屋敷の喫煙室にいるところへ帰ってきた。かなり年配の、小がらな紳士と一緒だった。ホームズは、その人物は、最初にどろぼうに入られた屋敷の主人、アクトン氏だと、わたしに紹介してくれた。

「この、ちょっとした事件についてお話しするのには、アクトンさんにも、ご同席していただいたほうがよいと思いましたので」

と、ホームズはいった。

「アクトンさんも、もちろん事件のこまかい点については、たいへん興味をおもちのはずですから。ところで大佐、わたしのような、嵐を呼ぶ男を招待して、とんだひまつぶしをしてしまったと、くやんでおられるのではありませんか」

「いや、とんでもない。あなたのお仕事ぶりをまぢかに見せていただけて、この上ない光栄だと思っております。じつをもうしますと、あなたの方法は、わたしの想像をはるかにこえるものでして、どうやって、ああいう結論が出てきたのか、まるでわかりません。わたしには、いまでもなにひとつ、手がかりもつかめていませんよ」

「説明を聞いたら、きっとがっかりなさいますよ。しかし、わたしはいつでも、ワトスンやわたしの捜査方法に、関心をもっておられるかたにはだれにでも、すべてをつつみかくさず説明することにしています。その前に、大佐、さきほどあの化粧室で、かなりひどい目にあって、少しょうまいっていますので、ブランデーを一口いただけるとうれしいですね。近ごろは、どうも体力が弱っていますので」

「あの神経発作は、それ以後はおこされなかったでしょうね」

シャーロック・ホームズは、じつにゆかいそうに笑った。

「そのことにつきましては、いずれあとからお話しします。それでは、わたしがあの結論にたっした決め手となった、いろいろな点について説明しながら、この事件の真相を順番にお話しします。もし、わたしの説明でわかりにくいことがあれば、とちゅうでも、えんりょなくご質問してくださってけっこうです。

探偵の技術のうちでいちばん大切なものは、数多くの事件の中から、どれは見すごしてもよくて、どれは重要なことであるかを見わけることなのです。

これができないと、精力も注意力もむだに使うばかりで、集中できません。そこで、今回の事件では、わたしははじめから、すべてのなぞをにぎっているかぎは、殺された男がにぎりしめていた紙きれにあるにちがいないと、確信していました。

この紙きれの説明の前に、ちょっと、次の事実についてお考え願いたいと思います。つまりです。もし、アレック・カニンガムの証言が正しくて、かれのいったように、犯人がウィリアム・カーウァンを射殺したあと、すぐににげていったとします。とすれば、死人の手から紙をちぎりとったのは、犯人と同じ人物では、ありえません。また、射殺した犯人ではないとすれば、アレック・カニンガムがちぎり取った人物にまちがいないということになるのです。

なぜかといいますと、父親がおりてきたときには、すでに何人もの使用人がその現場にきていたからです。これはきわめて単純なことですが、警部さんは見おとされました。

というのは、あのような州の有力者が、この種の事件にかかわっているはずがないと思いこんで、捜査をはじめたからです。

しかし、わたしはいつでも、どのような先入観ももたないで、どういう方向へでも、事実がしめすままに、すなおにすすんでいくことにしています。ですから、捜査をはじめると、アレック・カニンガムの演じた役割が、少しおかしいと、すぐに不審に思いました。

そこでわたしは、警部さんがもってきた紙きれを、ていねいにしらべてみました。すると、それはきわめて注目すべきメモの一部であることが、すぐにわかりました。

ごらんください、これがそのメモです。とてもいわくありげな内容に、お気づきになりましたか」

「字が、ずいぶんふぞろいですね」

と、大佐がいった。

「そう、そこです。この文章は、ふたりの人間がひとことずつ交たいで書いたのにちがいありません。この『へ』や『に』は力を入れて書いていますが、『12時15分前』は力が入っていないことに注目してください。そこで、これは、ふたりで書いたということがすぐにわかります。次に、このことばを、ちょっと分析してしらべてみれば、『おまえ』と『おそらく』が、力を入れて書くほうの人物の字で、『を』は、力を入れないで書く人物のものだということも、はっきりしてきます」

「それはおどろきだ。明快そのものだ！　しかし、いったいなぜ、ふたりがかりでこんな手紙を書いたのですかね？」

と、大佐はさけんだ。

「これが悪いことだと、はっきりしていたからです。ふたりの人間のうちのひとりが、相手を信用しないで、なにごとも、おたがいに同じだけ罪をおかすべきだと決めたからです。

　そして、このふたりのうちで、『へ』と『に』を書いたほうが主犯だということも、はっきりしています」

「おや、どうしてそこまでわかるのですか？」

「ふたりの筆跡をくらべてみれば、すぐにわかります。しかし、わたしのこの推理は、そのこと以上に、はっきりした根拠があるのです。

　このメモを注意深くしらべてみると、力を入れて書くほうの人間が、はじめに自分の分担のところだけ書き、もうひとりがあとで書きこめるように、一語ずつ空間をあけておいたのです。

　ところが、その空間が十分ではなかったので、あとから書きいれたほうの人は、このとおり『へ』と『に』のあいだに、『12時15分前』を書きいれるのに苦労しています。

　ですから、『へ』や『に』が先に書かれたことは、はっきりしています。そこで、はじめに書いたほうの男が、まちがいなく、この事件の主犯と考えたわけです」

「それはすばらしい！」

と、アクトン氏がさけんだ。

「しかし、それはほんの表面上のことです。ここからが重要な問題なのです。筆跡から年齢を当てるという方法は、専門家のあいだでは、かなりしばしば利用されていますが、ごぞんじでしょうね。

ふつうは、その人が何十歳代かというくらいまで、ほぼ正確に推定できるのです。

ふつうはといいましたのは、病気だったり、体力的に弱まっているときには、若者にも、高齢者と同じような筆跡のとくちょうが、あらわれることがあるからです。

このメモの筆跡は、ひとつはだいたんで力強い文字、もうひとつは『を』の文字の横棒が見えないような字になっています。

どうにか読めるという弱よわしい文字を見れば、ひとつは若者が書いたものので、もうひとつは、よぼよぼとはいわないけれど、ずいぶん年のいった人物の筆跡だということがわかります」

「それはすばらしい！」
と、アクトン氏がまたさけんだ。
「そして、もう一点、もっとこまかいところに、興味のある問題点がありま
す。このふたりの筆跡には、共通するところがあるのです。
これは、よく血縁関係がある人どうしで見られることです。このメモの筆
跡をよく見れば、あなたがたにもおわかりになるでしょう。こまかいところ
で、にている点がたくさんあります。
とにかく、このふたつの筆跡の見本から、ある家系にとくに見られる書き
方のくせを、発見できることはたしかです。
わたしはいま、このメモの調査に必要な、結果だけをお話ししているので
す。ほかにも、専門家にとっては興味のある推理が、二十三もできましたよ。
そのいずれも、このメモを書いたのは、カニンガム親子にまちがいない、
という確信をふかめる材料ばかりでした」

とかれた事件の真相

「ここまでわかってくれれば、次にすることは、犯行の手口をしらべて、それが解決に、どのくらい役に立つかをしらべることでした。

そこで、警部さんと一緒にあの部屋へ行き、すみからすみまでしらべました。

これは自信をもっていえることですが、死体の傷は、四メートルほどはなれたところから、連発のピストルでうたれたものです。ですから衣服には、ピストルの火薬によるこげあとがついていません。したがって、ふたりの男が争っているうちにピストルが発射されたという、アレック・カニンガムの証言は、うそだということになります。

それに、犯人が道路へにげていったという場所については、父親もむすこも同じように証言しましたが、その地点は少しはば広い、ぬかるんだみぞになっています。

ところが、あいにく、そのみぞには、足あとらしいものはまったく見つからなかったのです。それで、カニンガム親子はうそをついているだけでなく、事件の現場に外からしのびこんできた人物は、ひとりもいなかったのだと、わたしは確信したのです。

さて次に、この、世にもめずらしい犯罪の動機について考えてみなければなりません。これをつきとめるために、わたしははじめに、アクトン家で窃盗事件がなぜおこったかを解明しようと思いました。

大佐にうかがった話から、アクトン氏とカニンガム家とのあいだでは、訴訟が行われていることを知りました。

それで、カニンガム親子は、なにか訴訟の決め手となるような書類をぬすみだそうと、アクトン氏の書斎へしのびこんだのだろうという考えに、すぐにたっしました」

「そう、そのとおり。それが、やつらのねらいだったのです。ぜったいにまちがいありません。カニンガムが現在所有している土地の半分は、あきらかにわたしに所有権があるのです。もし、ある一枚の書類が、かれらの手に入っていれば、危ないところでした。

さいわい、弁護士の金庫に保管していましたから、助かりましたが……。

これがカニンガムの手に入れば、わたしたちのいいぶんは、完全にふいになってしまいます」

と、アクトン氏はいった。

「そこです。これはまったくぶっそうで、危険なことです。どうやら、むすこのアレックが主犯のようですね。

かれらは、ねらっていたものを見つけられなかったので、ふつうのものとりのしわざに見せかけて、自分たちに疑いがかからないようにと、手あたりしだいに、そこらじゅうのものをもち帰ったのです。

これで、事件はかなりはっきりしてきましたが、まだはっきりしないところも、かなりありました。

わたしがとくにつきとめたかった点は、あのメモのなくなっている部分を見つけることでした。

死体の手からそれをもぎとったのは、アレックだとわたしは確信していました。

また、かれがそれをガウンのポケットに入れたのも、まちがいないだろうと思いました。それ以外には、かくし場所はありませんから。

残る問題は、それが、まだガウンのポケットに、そのままになっているかどうかです。さがしてみる価値がありましたので、みなさんと一緒に、あの屋敷へ出かけたのです。

われわれがあの屋敷の台所の戸口で、カニンガム親子に会ったのをおぼえておいでですか。

この場合、いちばん大切なのは、かれらにあのメモのことを思いださせないということでした。思いだせば、きっとすぐに処分してしまいますからね。

そして、そのメモをわたしたちが重く見ていることを、あやうく警部さんが話しそうになったとき、幸運にもわたしが、急に発作をおこしてひっくりかえったので、うまく話がそれたのです」

「これは、どうも！　あの発作が仮病とは、わたしたちはいらない心配をしたというわけですね」

と、大佐が笑いながらさけんだ。

「医者の目から見ても、きみの演技はみごとだったね」

いつでもあたらしい手段で、わたしをとまどわせるホームズの顔をながめながら、わたしは、なかばあきれていった。

「これは、なかなか役に立つ技術ですよ。発作がおさまってから、わたしはある計画を使いました。この計画も、なかなかたくみにしくめたと思いますよ。

つまりカニンガム老人に、うまく12という文字を書かせて、あのメモの『12』と、くらべることができるようにしたのです」

「ああ、ぼくはなんとまぬけだったのだ！」

と、わたしは、さけんだ。

「ぼくのちょうしがへんだと思って、きみが同情してくれていたのは、わかっていたよ」

と、ホームズは笑いながらいった。

「気をもませてしまって、ほんとにすまなかったね。次に、みんなで二階へ上がりましたね。むすこのアレックの部屋へ入ったとき、ドアの後ろにガウンがかけてあるのを見ました。

そこで父親の部屋でテーブルをひっくりかえして、ちょっとかれらの注意をそらしているあいだに、そっともどって、ガウンのポケットをしらべてみました。

ポケットの中に、予想どおりのメモが残っていたので、それをつかんだとたん、カニンガム親子におそわれてしまったのです。

あのとき、すばやくみなさんが助けにきてくださらなかったら、わたしはあの場で、殺されていたにちがいありません。いまでも、あの若者の手が、のどをしめつけている感じが残っています。父親のほうは、メモを取りもどそうと、わたしの手首をねじりあげました。

かれらは、すべてをわたしに知られたと気づき、絶対安全だと思っていた立場が、きゅうに、逆に絶体絶命にかわってしまったのですから、必死だったのでしょうね。

そのあとで、犯罪の動機のことを、カニンガム老人と少し話しました。父親はとてもしんみょうでしたが、むすこのほうはまったく悪党でして、ピストルさえもてば、自分の頭も他人の頭も、みさかいなくたちまちうってしまうようないきおいでした。

形勢がまったく不利だとさとったカニンガム老人は、すっかりあきらめて、なにもかも白状しました。

親子がアクトン氏の屋敷にしのびこんだ夜、ウィリアムは、こっそりとふたりのあとをつけていたらしいのです。そして、その秘密をにぎったことで、親子をゆすって、金をとろうとしはじめたのです。

ところが、アレックという男は、この種の仕事の相手にするには、危険な男だったというわけです。

この田園地方をおびやかしている強盗さわぎを利用すれば、ゆすっている男を、うまくかたづけることができると考えたのは、天才的なひらめきでしたね。そして、うまくウィリアムをおびきだし、射殺したのです。

もしかれらが、あのメモをちぎらずに取りもどして、もう少しこまかい点に注意をはらっていれば、おそらくは、なんの疑いもかからなかったでしょうね」

「それで、そのメモは？」

と、わたしはたずねた。

シャーロック・ホームズは、残りの部分をおぎなったメモを、わたしたちの前に置いた。

「だいたい、予想していたとおりのものでした。もちろん、アレック・カニ

もし おまえが ひとり で東門
くれば すごく おどろく
やるぞ おまえにも アニー・モリスンにも
とても 役に 立つことだ。しかし このことは
だれにも 話すな。

〜12時15分前に
ことを 教えて
おそらく

ンガム、ウィリアム・カーウァン、それにアニー・モリスンという女のあいだに、どういう関係があったかは、まだわかっていませんが、とにかく、このメモがうまくしくまれたわなだということは、結果から見てはっきりしています。『も』や、『し』の字の形のまがり方に、遺伝のくせがあるのをごらんになれば、きっとよく納得されるでしょう。

また、老人の書いた部分は、『え』の字には点がないのも、ひじょうに大きいとくちょうですね。

さて、ワトスン、われわれの田園での静養は、まさしく成功したようだ。あすは、おそらくもっと気分さわやかになって、ベイカー街へもどれるだろうね」

ボヘミアの醜聞（しゅうぶん）

ワトスンのホームズ訪問

シャーロック・ホームズにとっては、かのじょは、いつでも「あの女」だった。ほかの呼び方をすることは、ほとんどないといってもいいだろう。ホームズの目から見れば、かのじょはすべての女性が光を失うほど、かがやかしい存在なのだ。

といっても、アイリーン・アドラーに対して、ホームズが、恋愛ににた感情をもっていたというわけではない。すべての感情、なかでも恋愛感情は、冷静で物事にきびしく、しかもみごとなまでにバランスのとれたホームズの精神にとっては、まったくじゃまなものなのだった。

かれは、この世でもっとも完成した、推理観察機械のような男なのだ。ところが、恋人となると、まったく不器用な男だった。

恋愛についてのあまい感情を、かれはつめたく笑ったり、あざけったりし

あの女

「ホームズ物語」ではひじょうに有名なことば。アイリーン・アドラーのことをさす。

なければ、語れないのだ。こういうことは、はたから見ていると、なかなかみごとなものだった。ホームズは、人間の行動の中の、表にあらわれないかくれた心のベールを、ひきはがしてくれるのだ。

しかし、かれのように、頭が機械のように綿密な理論家は、きめこまかく整理されている心の中に恋愛感情が入ってくると、心の状態がくるい、混乱してしまうのである。

ホームズのような性格の人間にとっては、こういうはげしい感情が入りこむということは、精巧な機械に砂のつぶがはさまったようなものだ。それは、ホームズが日ごろ愛用している、倍率の高い虫めがねにひびが入って、見にくくなるようなもので、さらにやっかいなことをひきおこすのだ。

しかし、そのホームズにも、たったひとりだけそういう女性がいた。その女性というのが、なぞにつつまれた女として、世の人の記憶に残っている、いまは亡きアイリーン・アドラーである。

わたしはそのころ、ホームズに会うことはほとんどなかった。わたしが結婚したので、ふたりはあまり顔を合わせなくなっていたのだ。

はじめて一家の主人になり、わたしは幸せいっぱいで、家庭でおこるさまざまなできごとに、すっかり気をとられていた。

また、ホームズも、かれの[*8]ボヘミア的性格のためか、あらゆる社交的な交流をいっさいさけて、あいかわらず、あのベイカー街の下宿で、古い本の山にうずまり、[*9]コカインと野心とのあいだを、来る日も来る日も行ったり来たりしていた。つまり薬でぼんやりすることと、かれ独自のするどい性格から生みだされるエネルギーをそそいで、仕事をすることをくりかえしていたのだ。

ホームズは、あいかわらずかがやかしい才能と、すばらしい観察力を使い、熱心に犯罪研究をしていた。そして、警察があきらめたような、むずかしい事件の手がかりを追いもとめ、そのなぞをといたりしていたのだ。

このような、かれのかつやくのうわさを、風の便りに聞くことがあった。

わたしが聞いたかぎりでは、トレポフ殺人事件の調査に[*10]オデーサへ行った

トレポフ殺人事件　ホームズ物語では語られていない事件。

とか、[*11]トリンコマリーのアトキンスン兄弟の奇怪な悲劇を解決したとか、さらには、オランダ王室からたのまれた仕事を、手ぎわよく解決してみせたということだった。

しかし、このくらいのホームズのかつやくは、いつも新聞を読んでいる者なら、だれでも知っていることだった。古くからの友人で、いつもかれと仕事を一緒にしていたわたしにも、かれについては、これ以上のことはわからなかった。

ある夜――一八八八年三月二十日――、患者の家へ往診した帰り道のことだ。そのころ、わたしはふたたび町で開業医をはじめていて、たまたまベイカー街を通ったのだった。わたしは、[*12]妻に結婚をもうしこんだときのことや、「緋色の習作」事件のひさんなできごとを思いださせる、あの、わすれようとしても、けっしてわすれられない、ベイカー街のドアの前を通ったとき、ぜひともホームズに会ってみたくなった。かれのすばらしい才能をいまはどのように使っているのか、どうしても知りたくなったのだ。

緋色の習作　ホームズとワトスン出会いの作品。本シリーズに収録。

かれの部屋には明るく灯がともっていて、ちょうどわたしが上を見上げると、ブラインドに、背の高いやせた影が、二回通りすぎるのがうつった。頭をさげて、両手を後ろで組み、部屋の中を早足でおちつかないようすで歩きまわっていた。

ホームズの性格もくせも、すみからすみまで知っているわたしは、かれのたいどやそぶりを見れば、すぐになにもかもわかるのだ。

かれはふたたび、仕事に取りくんでいるのだ。薬がつくりだした、ゆめのような状態からぬけだして、あたらしくおきたむずかしい事件を、いっしんに追究しているにちがいない。呼びりんを鳴らすと、以前わたしの部屋だったところへ通された。

ホームズのたいどは、わりあいさっぱりしたものだった。かれはいつでも、そういうふうなのだ。しかし、わたしに会えたことを、よろこんでくれているとは読みとれた。

かれはほとんど口を開かなかったが、やさしい目つきで、ひじかけいすをわたしにすすめると、葉巻の箱を投げてわたしてくれた。そして次に、部屋のすみに置いてある酒の台と、ガソジーン[*13]を指さした。

そして暖炉の前に立ち、いつものように、ふかく考えこむようなようすで、わたしを見つめた。

「きみには、結婚生活が合っているようだね、ワトスン。しばらく会わなかったら、体重が三、四キロはふえたようだ」

と、ホームズはいった。

「三キロだよ」

と、わたしは答えた。

「そうかい。もう少しふえていると思ったが。もっと重いように見えるよ、ワトスン。きみはまた、開業したようだね。時間にしばられるような生活にもどるという話は、聞いていなかったが」

「どうして、開業したとわかったのかい？」

「わかるさ。推理しただけのことだ。最近、雨にあってずぶぬれになってしまったことや、きみの家に、このうえもなく気のきかない、そこつな使用人の女がいることだってわかるよ」

「いや、これはおそれいったよ。何世紀か前に、もしきみが生きていたら、魔法使いだといわれて、火あぶりにされていただろうね。

ぼくは、この木曜日に、いなか道を歩いていて、ずぶぬれになって家へ帰ってきたんだ。でも、そのあと、すぐに服を着がえたよ。どうやって、その推理をしたのかわからないね。

それから使用人のメアリ・ジェーンという女だが、これがこまった子でね。妻は本人に、やめてもらいたいといったそうだ。それにしても、そんなことがどうしてわかったのかい?」

ホームズは、ひとりでくすくすと笑い、長い、やせた両手をすりあわせた。

「きわめてかんたんなことだよ。きみの左の靴の内がわ、暖炉の火の光があたっている場所に、六本ほとんどならんで、革がすりむけた傷がある。これは、靴底のふちにこびりついたどろを、だれかが手あらにけずりおとしたときにつけた傷あとだ。ここから、ふたつのことが推理できたのさ。
ひとつは、きみがひどい雨がふっているにもかかわらず、外出したこと。そしてもうひとつは、きみの家では、靴をだめにしてしまうような、きわめて質が悪い、ロンドンの使用人の代表のような女をやとっているということさ。

きみが開業したことだって、かんたんなことだよ。なにしろ、ヨードホルムのにおいがするし、右手の人さし指に硝酸銀の黒いしみがついている。それに、聴診器が入っていますよ、といわんばかりに、シルクハットの右がわをふくらませて部屋に入ってきたのだからね。これで開業医だとわからなかったら、ぼくはよほどのまぬけだね」

ホームズが、推理の過程をこともなげに説明するのを聞いて、わたしは思わず笑いだしてしまった。

「きみのたねあかしを聞けば、きわめてかんたんだから、ぼくにでも気がるにできそうだね。しかし、推理の方法を説明してもらわないかぎりは、きみ

ヨードホルム
特別のにおいをもつ黄色の粉。消毒薬として、傷の治療に使われる。

硝酸銀
銀を硝酸に溶かしてつくった無色透明な結晶。化学分析用の試薬として使ったり、治療をうながすために使う外用薬。

が次つぎに出してくる推理に、おどろくだけだよ。ぼくの目だって、きみと同じくらい、いいはずなのにね」

「そう、まったくそうなんだ」

と、答えながら、ホームズは紙巻タバコに火をつけると、ひじかけいすにふかく腰をおろした。

「ただし、きみの目は見ているだけで、観察はしていないということさ。このちがいははっきりしている。たとえば、きみは玄関からこの部屋への階段を、何回も見ているはずだね」

「そう、何回も」

「何回ぐらいだと思うかい？」

「まあ、数百回はたしかだね」

「それでは、階段は何段あるか知っているかい？」

「何段あるかだって？　わからないね」

「そうだろう。やはり、きみは見てはいるけれども、観察はしていない。観察することと見ることは、まったくべつのことなのだよ。ぼくがいいたいのは、この点さ。

いいかい、あの階段が十七あるということをぼくが知っているのは、見るだけでなく、観察しているからなのだ。

ところで、きみはこういうささいなことにも興味をもってくれているし、ぼくの、とるにたりない体験をひとつ、ふたつ記録してくれているのだから、きっとこれにも興味をしめすと思うがね」

ホームズは、テーブルの上にひろげてあった、うすいピンク色の厚手のびんせんを投げてわたしてくれた。

「さきほど[*14]の配達で、きたものだ。声に出して読んでみてくれたまえ」

手紙には、日付も、差し出し人の署名も、住所も書いていなかった。

外国のびんせんに書かれた手紙

今夜、七時四十五分、ひじょうに重大な問題について、あなたの意見を聞きたいと、ある人物が訪問します。

最近、あなたがヨーロッパのさる王室のためになされた努力は、いかなる重要な事件でも、信頼してあなたにまかせることができる、ということを証明しています。あなたにこの点についてもうしあげるのは、各方面から聞いた情報によっています。

それでは、その時刻に部屋にいてくださるよう。また、訪問者が仮装用のマスクをつけていっても、気を悪くしないでください。


「なぞにつつまれた手紙だね。いったい、どういうことなのかい？」

と、わたしはたずねた。

「まだ、判断をくだすようなデータはないよ。すべてのデータがそろわないのに推理をするのは、大きなまちがいだ。事実に合う理論を組みたてないで、知らないうちに、理論に合わせて事実をねじまげてしまいがちなものだからね。

しかし、いまはこの手紙のことだけを考えてみることにしよう。きみは、この手紙からどんなことを推理するかい？」

わたしは手紙の文面と、そのびんせんをていねいにしらべてみた。

「これを書いた人物は、おそらく、ゆうふくな人間だと思うね」

わたしは、ホームズの推理方法をまねようとつとめながらいった。

「こんな上等なびんせんは、一束半[*15]クラウンは出さなければ買えない。やけに厚くて、じょうぶそうな紙だ」

「やけにというのは、じつに的を射た表現だよ。これはイングランド製のびんせんではないね。すかしてみるとわかる」

と、ホームズはいった。

そのとおりにしてみると、「E」という大文字と「g」という小文字、そして「P」「G」の大文字、「t」という小文字のすかしが入っていた。

「その字は、なにをさすと思うかい?」

と、ホームズはたずねた。

「びんせんをつくった会社の名前じゃあないかな。いや、それよりは、その会社の頭文字というほうがあたっているかな」

「ちがうね。Gtというのは Gesellschaft、ドイツ語で『会社』という意味だ。これは、決まった省略のしかたで、英語でいうCo.〔Company（会社）の省略形〕と同じだ。Pは Papier で、『紙』という意味のドイツ語に決まっている。次はEgだけれど、これは大陸地名辞典をひいてみよう」

ホームズは書だなから、大型の茶色の本を出してきた。

「エグロウ、エグロニッツ——ほう、エグリア[*16]、これだ。ドイツ語が使われているボヘミア[*17]地方都市の名だ。カールスバート[*18]から遠くない。『ヴァレンシュタインが亡くなったところで、ガラス工場と製紙工場が多いことでも有

ヴァレンシュタイン　アルブレヒト・ヴェンツェル・オイゼービウス・フォン・ヴァレンシュタイン（一五八三年～一六三四年）。ボヘミア出身の有名な将軍。暗殺された。

名』と書いてある。

ほっ、ほっ。さて、これでわかったかい？」

かれは目をかがやかせながら、勝ちほこったように、紙巻タバコから青いけむりをもうもうとふきあげた。

「ということは、このびんせんはボヘミア製ということになるね」

わたしはいった。

「そう、そのとおり。そして、この手紙の差し出し人はドイツ人だ。文章がへんにまわりくどかったろう。――『……あなたにこの点についてもうしあげるのは、各方面から聞いた情報によっています』というところさ。フランス人やロシア人は、こういうふうには書かないはずだ。動詞を文のおしまいに使っているのは、ドイツ人に決まっているよ。

こうなると、残っている問題は、このボヘミア製のびんせんに手紙を書き、顔を見られたくないから仮装用のマスクをつけてくるという、このドイツ人の求めているものはなんだろうか、ということだ。

ぼくのまちがいでなければ、そのご本人がお着きのようだ。きっとぼくたちの疑問も、これで解けるだろうね」

仮装用マスクをつけた依頼人

ホームズが話しているうちに、するどい馬のひづめの音がした。そして、車輪が歩道のふちにあたってきしむ音が聞こえ、つづいて呼びりんが強く鳴った。ホームズは口ぶえを鳴らした。

「あの音からすると、二頭立てだ。ほら、やっぱりそうだったね」

ホームズは、窓の外をちらっと見てから話しつづけた。

「りっぱな四輪馬車で、馬も二頭ともすばらしい。一頭百五十ギニー*19はする。ワトスン、この事件は、なにはなくとも、収入にはなりそうだよ」

「ぼくはもう、帰ったほうがよさそうだね、ホームズ」

「かまわないよ、先生。そのままいてくれたまえ。ぼくのボズウェルがそばにいないと、おちつかないからね。それに、これはおもしろくなること、うけあいだ。これをのがしたら、きっときみは、ざんねんに思うだろうしね」

「しかし、きみの依頼人がなんというかな」

「心配することはないよ。ぼくがきみの助けを必要としているということは、依頼人にとっても、きみが必要というわけさ。

ほら、おいでになった。そこのひじかけいすにすわっていて、先生。よく気をつけて、ぼくたちを見ていてほしいね」

どっしりと重おもしい足音が階段を上って、ろうかに近づいたかと思うと、ドアの外でとまった。そして、いげんあふれた感じでドアをノックする大きな音がした。

「どうぞ、お入りください」

と、ホームズは答えた。

ボズウェル
ジェイムズ・ボズウェル。英国の法律家・伝記作家（一七四〇年〜一七九五年）。高名な文学者サミュエル・ジョンソン伝を書いて有名になった。

身長が二メートル近くもありそうな、ヘラクレスのようにたくましい体格の男が入ってきた。ぜいたくな服装をしているが、それはイングランドではおそらく、悪趣味と思われているたぐいのものだった。

ダブルの上着のそで口とえりには、はばの広いアストラカンの毛皮がついていて、肩からはおった、こい青色のマントの裏地は、もえるように赤い絹だった。それをえりもとで、きらきらとかがやく、大きな緑柱石がひとつ入っているブローチでとめていた。

さらに、ごていねいなことには、はでな茶色の毛皮のかざりが上の部分についていて、ふくらはぎまである長いブーツをはいていた。この、みょうにはでなかっこうから、この人物の都会人にはみえない豪華さは、いっそう完ぺきなものとなっていた。

その男は、左手につばの広い帽子をもち、顔の上半分をほおぼねの下あたりまでおおう、黒い仮装用のマスクをしていた。かれは部屋に入る直前にマスクの具合をなおしたようで、入ってきたときには、まだそこに手をかけて

ヘラクレス
ギリシア神話の英雄で、最高神ゼウスとアルクメネの子。力が強く、知恵もすぐれていた。

アストラカン
羊の胎児または子羊からとった毛皮で、表面が輪状にちぢれていて、たいへんに高価な品。

緑柱石
宝石などの原料となる鉱物。緑色で美しいものはエメラルド、緑青色のものはアクアマリンと呼ばれる。

いた。

　下半分の顔を見たところ、強い性格の人間のようで、厚くつきでたくちびると長くまっすぐなあごは、がんこといってもよいほどに、意志が強いことを思わせた。

「手紙はとどいているであろうな？」

　男は、ひどいドイツなまりのしわがれ声でたずねた。

「たずねることは、あらかじめ知らせたはずだ」

　かれは、どちらに話しかけたらよいかわからぬままに、わたしたちの顔を交互に見た。

「どうぞおかけください。こちらは友人であいぼうのワトスン先生、ときどき仕事をてつだってもらっております。おそれいりますが、お名前をうけたまわらせていただきましょうか」

「ボヘミアの貴族、フォン・クラム伯爵と呼んでいただこう。ところで、こちらの友人とかは、重要なうちあけ話をしてもかまわぬ、信用のおける紳士と考えてよいわけであるかな。さもなければ、あなたひとりに話したいのだが」

　わたしが立ちあがって出ていこうとすると、ホームズが手首をつかみ、わたしをいすにもどした。

「お話は、ふたり一緒か、いっさいおうかがいしないか、どちらかです。わたしにお話しになられることは、すべてこちらの紳士にも、お話しいただいてかまいません」

「では、その前に、二年間は秘密をかならず守るとやくそくしてほしい。二年後には、この一件はまったくなんの問題もなくなるのだ。だがいまは、ヨーロッパの歴史を動かすといってもいいすぎではないくらいに、だいじな問題なのだ」

　伯爵は、広い肩をすくめていった。

「おやくそくいたします」

と、ホームズはいった。

「わたしも、おやくそくします」

「マスクをつけていることを、おゆるし願いたい。わたしにこの仕事を依頼された、ある身分の高い方が、使者の正体も秘密にしておきたいと、おのぞみなのだ。さらにいうと、さきほどわたしが名のった称号も、本名ではない」

「それはわかっておりました」

と、ホームズはそっけない口調でいった。

「事態は、きわめてびみょうである。これが、大きなスキャンダルに発展すれば、ヨーロッパのさる王室の名誉を、ひどく傷つけるおそれがある。それをふせぐには、あらゆる方法を用意しなければならない。はっきりもうせば、ボヘミア家代々の王室、オルムシュタイン家にかかわる問題なのだ」

「それも承知いたしております」

ホームズはそうつぶやきながら、ひじかけいすにふかく腰をおろすと、目をとじた。

ホームズのことを、ヨーロッパでいちばんの、するどい推理力をそなえ

スキャンダル　よくないうわさ。醜聞。

た、活動的な探偵だと聞かされてきたのに、無気力でぐったりとしたかれのすがたを見て、訪問者は少しおどろいたようであった。ホームズはゆっくりと目を開け、この巨大なすがたの依頼人を、もどかしそうに見つめた。

「もし、陛下ご自身よりご事情をご説明願えれば、わたくしも、よいご助言ができるものと考えますが」

と、かれはいった。

訪問者はぱっといすから立ちあがり、心の動揺がおさえられないというように、部屋の中を歩きまわっていた。やがて、もうしかたないというように、顔のマスクをむしりとり、床に投げつけた。

「そのとおりである。余がボヘミア国王である。なぜ、それをかくそうなどとしたのだろうか?」

と、かれはさけんだ。

「まったく、そのとおりでございます。陛下がひとこともおっしゃらないうちに、わたくしがお話しもうしあげているお方は、ボヘミア国代々の国王、カッセル＝フェルシュタイン大公、ウィルヘルム・ゴッツライヒ・ジギスモント・フォン・オルムシュタイン陛下であらせられますことは、承知いたしておりました」

と、ホームズはいった。

「しかし、わかってほしいのだが……」

というと、きみょうな訪問者はふたたび腰をおろし、色白の広い額に、手を当てながらいった。

「理解してもらえるとは思うが、余はみずから、このようなことをとりしきるのには、なれておらぬのだ。しかし、問題はひじょうにびみょうで、むずかしいことなのだ。代理の者にまかせれば、その者に弱みをにぎられることになる。そこで、余がじきじきにそなたに相談するために、プラハ[*20]よりやってまいった」

「では、お話をうけたまわりましょう」

というと、ホームズはふたたび目をとじた。

国王の秘密写真

「かんたんに説明すると、こういうことになる。——五年ほど前のことだが、ワルシャワ[*21]に長く滞在していた時に、アイリーン・アドラーと知り合いになった。この女は、いくつかの色恋ざたのうわさで有名であるから、この名前には、おそらく聞きおぼえがあるであろう」

「先生、ぼくの索引で、かのじょのことをしらべてみてくれたまえ」

目をとじたままで、ホームズはつぶやいた。ホームズは長いあいだ、さまざまな人物のことがらに関するメモを整理して、索引をつくっている。だから、どんな問題でも、どんな人物が出てきても、すぐにそれに関する情報が手に入るのだった。

今回も、あるユダヤ教会のラビと、深海魚について論文を書いた海軍参謀中佐の略歴とのあいだに、かのじょの略歴を見つけることができた。

ラビ　ユダヤ教の聖職者のこと。

「見せてくれたまえ！　ほう！　一八五八年、アメリカ合衆国ニュージャージー州生まれ。コントラルト歌手――ほほう！　[*22]スカラ座に出演とあるね。ワルシャワ帝室オペラのプリマドンナ――そうか！　オペラの舞台を退く――ほう！　ロンドン在住。なるほど、そういうことか！

すると、陛下はこの若い女性とお知り合いになり、あとでご自分の立場が危なくなるような手紙を書かれたので、それを取りもどしたいとお考えになっておられるのですね」

「まったく、そのとおりなのだ。しかし、なぜそれが……？」

「秘密に結婚をなさいましたか？」

「そのようなことはない」

「では、結婚を証明するような法律的文書や、証書などもわたしてはおられませんね？」

「なにもわたしてはおらぬ」

「といたしますと、陛下のお話の意味がわからないのでございますが。その

コントラルト歌手　音域の低い声を出す女性の歌手。コントラルトはアルトともいう。

プリマドンナ　オペラの主役をこなす女性歌手。

若い女性が、ゆすりなどの目的で陛下のお手紙をもちだしても、それを本物であると証明することは、不可能ではございませんか」

「筆跡を見ればわかる」

「いや、いや、それはまねしたものだといえばすみます」

「余の専用のびんせんを使っておるのだ」

「びんせんがぬすまれたといえば、それですみます」

「余の封印がしてあってもか？」

「偽造されたといえばよろしいでしょう」

「余の写真をあたえてある」

「買ったものといえば、よろしいかと思いますが」

「ふたり一緒にうつっておるものなのだ」

「おお、それはいけません。陛下、それは、まことにかるはずみなことでございました」

「余の頭が、混乱してしまっていたのだ。――正確な判断が、くだせなくなっておったのだ」

「お立場上、たいへんなことをされましたね」

「あのとき、余は皇太子であった。若さゆえのあやまちである。ともうしても、現在、まだ三十歳であるが」

「それは、なんとしても取りもどさねばなりません」

「こころみてはみたが、失敗したのだ」

「陛下、お金をお使いにならなければいけません。買いもどされるのです」

「売ろうとはしないのだ」

「では、ぬすみだせばよろしいかと思います」

「もう、五回も、こころみた。二回はどろぼうをやとい、かのじょの家じゅうを残らずさがさせた。かのじょが旅行したときに、手荷物をうばいとってしらべたのが一回。あとの二回は、道で待ちぶせておそわせた。しかし、いずれもなんの成果もなかった」

「なにも見つからなかったのですか？」

「まったく、影も形もないのだ」

「それはまた、ちょっと問題ですな」

ホームズは、笑った。

「しかし、余にとって、これはきわめて深刻な問題となっておる」

王は、とがめるようにいいかえした。

「まったく、そのとおり。それでは、かのじょはその写真で、なにをたくらんでいるのでしょうか？」

「余を破滅させるつもりでおるのだ」

「しかし、どのようにしてですか？」

「余は近ぢか、結婚することになっている」

「おうわさは、聞きおよんでおります」

「相手は、スカンジナビア[*23]国王第二王女、クロチルド・ロトマン・フォン・ザクセーメニンゲン姫である。あの王家の家風が、ことのほかきびしいということは、聞いているであろう。それに王女自身も、きわめてデリケートな

デリケート　感情がこまやかで、敏感なこと。

女だ。余の行動に、少しでもあやしげなことがあろうものなら、この結婚話はそれまでになってしまうのだ」

「アイリーン・アドラーのほうはなんと？」

「先方へ、あの写真を送りつけるとおどしておるのだ。あの女なら、やりかねない。余はそれがよくわかっておる。そなたはあの女を知らないだろうが、かのじょは鉄のような精神をもっているのだ。

顔はどの女にも負けぬほど美しく、心はどんな男にも負けぬほど強いのだ。余がほかの女と結婚するのをやめさせるためなら、あらゆる方法を使って妨害するだろう」

「まだ写真が先方に送られていないことは、たしかでしょうか」

「まちがいない」

「どうして、それがおわかりですか？」

「婚約の正式発表の日に送ると、あの女自身がもうしておる。発表は、次の月曜日なのだ」

「としますと、まだ三日あります」

　あくびをしながら、ホームズがいった。

「それは、たいへんなご幸運です。こちらも、いそいでしらべておきたい重要な用件が一、二、ございます。そういたしますと、陛下はいましばらく、ロンドンにご滞在でしょうね？」

「もちろん。ランガム・ホテルにフォン・クラム伯爵と名のって泊まっている」

「では、捜査の進行については、追って文書にてお知らせいたします」

「ぜひそうしてほしい。余は心配でたまらぬのだ」

「それでは、費用のほうはいかがいたしましょうか？」

「白紙の委任状をあたえるから、好きなようにするがよい」

「完全にでございますか？」

「あの写真が取りもどせたなら、王国の一部をあたえてもいい、とさえ思っておるくらいだ」

ランガム・ホテル　当時の超一流高級ホテル。《四つのサイン》の、モースタン大尉（ワトスンの妻となった、メアリの父親）も泊まった。

「では、さしあたっての出費につきましては、いかがいたしたものでしょうか?」

マントの下から、重そうなセーム革のふくろを取りだすと、王はテーブルの上に置いた。

「ここに金貨が三百ポンド、紙幣で七百ポンドある」

ホームズは手帳の紙を一枚切りとり、受領証を走り書きすると、王にわたした。

「では、そのご婦人の住所は?」

「セント・ジョンズ・ウッドの、サーペンタイン小路にあるブライオニー荘だ」

ホームズは、それを書きとってから、たずねた。

「もう一点、おうかがいしたいのですが……。写真はキャビネ判でしたでしょうか?」

「そのとおり」

セーム革
羊、シカ、ヤギ、カモシカなどの革に油をぬって、やわらかく、しなやかにしたもの。

キャビネ判
写真を焼きつける大きさのひとつで、十六・五×十二センチメートル。

「では陛下(へいか)、今夜はこれで失礼させていただきます。すぐに、よい知らせがおとどけできるとぞんじます。ワトスン、今夜はこのくらいにしようか」

王の馬車が、ベイカー街を遠ざかっていく音を聞きながら、ホームズはこうつけくわえた。

「あすの午後三時に、ここへきてくれないかい。この事件(じけん)について、きみとよく話しあってみたいのでね」

写真取りもどし作戦

次の日、わたしは三時ちょうどにベイカー街へ行ったが、ホームズはまだもどってきていなかった。

下宿の女主人の話によると、朝八時少しすぎに、出かけたままだということだった。そこで、どんなにおそくなっても、かれを待っていようと、わたしは暖炉のそばに腰をおろした。

今回の事件については、わたしもふかい関心をいだいていた。というのも、この事件は、すでにわたしが発表した[*24]ふたつの事件のような、ぶきみさや奇怪さという特色はないが、事件の内容と、依頼人の身分がきわめて高いということが、とくちょうであったからだ。

ホームズがいま手がけている調査のなりゆきについては少しおいておくことにしても、かれのすばらしい状況判断と、するどい推理の切れ味は、なんともいえない魅力でいっぱいなのだ。

だから、かれの調査方法について研究したり、解決不可能と思われる事件のなぞを、かれがすばやく、たくみに解きほぐしていく方法を追いもとめたりすることは、わたしにとっては、大きな楽しみでもあるのだ。

ホームズがかならず成功をおさめることに、なれてしまっていたわたしは、かれが失敗するなど、まったく思ってもいなかった。

もう四時になろうとするころ、ドアが開き、よっぱらっているような馬扱い人が入ってきた。ぼさぼさ頭で、ほおひげがあり、赤い顔をした、きたない服装の男であった。

わたしは、ホームズがきわめて上手に変装をするのにはなれていたが、この馬扱い人については三度も見なおして、やっとホームズだとわかるしまつだった。

かれは、ちょっとうなずくと寝室に入り、五分くらいすると、いつものツイードの服に着がえてあらわれた。両手をポケットに入れたまま暖炉の前に足をのばし、ホームズは心からおかしそうに、しばらくのあいだ笑っていた。

「いやもう、おどろいたことといったら、なかったね」

というなり、かれはまた急に息をつまらせて笑いだしてしまい、とうとう、どうしようもなくなって、いすにぐったりすわりこんでしまった。

「どうしたというのかい？」

「あまりにおかしいものだから。今朝、ぼくがなにをしていたか、そして、

馬扱い人　馬をひいて歩く馬方。

最後はなにをするはめになったのか、きみには、きっと見当もつかないだろうね」

「わからないよ。アイリーン・アドラー嬢の日常生活や、家のようすでもしらべに行っていたのかい？」

「そのとおり。けれど、そのあとがちょっとかわっているのさ。いいから、ぼくの話を聞いてほしいね。ぼくは、朝八時を少しまわったころに、失業中の馬扱い人に変装して出かけたのだ。

　馬扱い人なかまというものは、おどろくほど思いやりがあって、なかま意識が強いのさ。だから、馬扱い人のなかまに入れば、知りたいことはなんでもわかる。ブライオニー荘はすぐに見つけられた。

　こぢんまりとしているけれども、しゃれた二階建ての家だ。裏は庭になっているが、表は道路すれすれに建っている。

　入り口のドアにはチャブ式の錠がついていて、右手はりっぱな家具をそなえた広い居間があり、床までとどきそうな長い窓があった。この窓は、子ど

チャブ式
はじき金のついた錠で、特許となっていた。発明者チャールズ・チャブ（一七七二年〜一八四六年）にちなんで、こう呼ばれた。

もにも開けられる、ちゃちなイングランド方式のとめ金がついているものだった。

家の裏手は、とくべつかわったところはなかったけれど、馬車小屋の屋根から、すぐ手のとどくところに、母屋のろうかの窓があるのだ。

ぼくは屋敷のまわりを歩いてみて、あらゆる点をくわしくしらべてみたが、なにも重要な発見はなかった。

それから通りをぶらぶらと歩いていくと、思ったとおり、裏庭のへいに沿っている小路に、貸し馬車屋があった。それで、ぼくは、うまや番たちが馬の体にブラシをかけるのをてつだってやり、お礼に二ペンス[*25]と混成ビール一杯と、安物のシャグ・タバコを二服もらった。そして、ついでに、アドラー嬢についても、こちらが知りたいことはぜんぶ聞かせてもらったというわけさ。そのために、ぼくにとっては少しもおもしろくない、近所の連中五、六人分のうわさ話も聞かされてはきたがね」

「それで、アイリーン・アドラーについては、なにかわかったのかい？」

うまや番
馬の世話をする人。

混成ビール
黒ビールとエールというビールを混ぜたビールのこと。

シャグ・タバコ
主に、安い賃金の肉体労働をしている者が、好んですうタバコの種類。

とわたしはたずねた。

「まあ、かのじょは近所じゅうの男性のあこがれの的らしい。この地上にはボンネットをかぶる女はいくらでもいるが、かのじょにまさる女はないとね。サーペンタイン小路の貸し馬車屋の連中ときたら、ひとり残らず口をそろえてそういうのさ。

かのじょは、ときおりコンサートで歌うくらいで、とてもしずかにくらしているらしい。毎日、五時に馬車で出かけて、七時ちょうどには夕食にもどってくるそうだ。そのほかの時間は、コンサートに出演する以外は、ほとんど出かけることはない。

かのじょをしばしばたずねてくる男が、ひとりいるらしい。この男は顔色があさ黒く、顔だちがよく、行動的で、日に一度はかならずかのじょを訪問してくる。ときには、二度くることもあるそうだ。

かれはゴドフリー・ノートンといって、イナー・テンプルに所属している男さ。辻馬車の御者を友だちにするといいことがあるって、わかってもらえ

ボンネット
頭全体をおおう形をした、婦人用の帽子。ひもやリボンをあごの下でむすぶ。

イナー・テンプル
ロンドン市内の法律家協会があるところで、弁護士や法律家をめざす者はこの地域に住んでいる。

たかい。

御者たちは、何回もこの男を、サーペンタイン小路から自宅へ送っているから、かれについてよく知っている。ぼくはうわさ話をすっかり聞いてから、もう一回ブライオニー荘の近くを歩きまわり、作戦を立てていた。

このゴドフリー・ノートンという男が、今回の事件で、重要な役割をはたしていることにまちがいはない。かれは弁護士だ。これだけでも、なにかありそうじゃないか。

ふたりはどういう関係なのだろうか？　しばしばかのじょを訪問しているらしいが、目的はなんなのか？　かのじょは、かれの仕事のうえでの依頼人なのか、それとも友だちか、恋人なのか？

もし依頼人ということなら、例の写真もかれが保管しているだろう。しかし、友人か恋人だとすれば、その可能性は少ない。

この問題をどう考えるかで、ブライオニー荘でさらに仕事をつづけるべきか、テンプル[*26]にあるその男の弁護士事務所に、調査の的をしぼるかが決まるのだ。これはびみょうで、あつかいにくい問題なので、ぼくはさらに、はば広く調査をすすめることにした。

こまかい点をくどくどと話していたから、きみはきっとたいくつしただろうね。けれども、捜査のようすをわかってもらうには、このちょっとした問題点について、わかっておいてもらいたかったのだよ」

「きみの話は、よくわかるよ」

と、わたしは答えた。

「ぼくが、どう結論を出そうかと考えていたところへ、二輪の辻馬車が、ブライオニー荘の前でとまって、中からひとりの男がとびだしてきた。

なかなかととのった顔だちの男で、色はあさ黒く、ワシのように高い鼻で、口ひげをはやしている。これは、まちがいなく、うわさの男にちがいない。かれはひどくいそいでいるらしく、辻馬車の御者にそこで待つようにとさけび、よく知った家というふうに、メイドをおしのけて、屋敷の中へ入っていった」

教会へいそぐふたり

「かれは、三十分ほど家の中にいた。そのあいだ、かれが歩きまわり、手をふりまわし、興奮しながらしゃべっているようすが、居間の窓からちらりと見えた。そのあいだ、アドラー嬢のすがたはまったく見えなかった。やがて、男は、きたときよりも、さらにあわてたようすで家から出てくると、辻馬車に乗りこみ、ポケットから金時計を取りだしてにらみつけると、どなった。『全速力でとばしてくれ。まず、リージェント街[27]のグロス・アンド・ハンキーの店へ行って、それからエッジウェア通り[28]のセント・モニカ教会へ行ってくれ。二十分でついたら、半ギニー出そう！』

　馬車が行ってしまい、あとを追おうかとまよっていると、今度は小路から、しゃれた小型の四輪馬車が出てきた。御者を見ると、上着のボタンを半分かけているだけで、ネクタイは耳の下のほうにとびだしているし、また、

グロス・アンド・ハンキー　架空の名前だが宝石店のこと。結婚式用の指輪をここで用意した。

半ギニー　十シリングが六ペンス。現在の約一万二千六百円。

馬具のひももみな、とめ金からはずれてしまっている。

この馬車が家の前にとまると同時に、かのじょが玄関からとびだして乗りこんだ。ぼくはかのじょのすがたをちらりと見ただけだが、男が命をかけてもいいと思うほど、美しい顔だちの女だった。

『ジョン、セント・モニカ教会よ。二十分で行けたら、半ソブリンあげるわ』

と、かのじょはさけんだ。

ワトスン、ぼくが、この機会をのがすわけはないよ。四輪馬車を追いかけていって、後ろにとびのってやろうと考えていると、ちょうど辻馬車がやってきた。御者は、ぼくがみすぼらしいすがたの客だったので、ためらって見つめていたが、ぼくはさっと馬車にとびのると、いったのさ。

『セント・モニカ教会だ。二十分で行けたら、半ポンドはずむよ』

このときは、十一時三十五分だった。なにがおころうとしているか、はっきりしているのだ。

辻馬車は全速力で走った。あんなに速い馬車に乗ったのは、ぼくもはじめ

半ソブリン　十シリング。現在の約一万二千円。

てだったけれども、先に行った二台の馬車には追いつけなかった。ぼくが教会に着いたとき、男の二輪馬車と女の四輪馬車は入り口にとまっていて、馬の体からはゆげが立ちのぼっていた。

ぼくは、御者（ぎょしゃ）に支払（しはら）いをすませて、いそいで教会の中に入った。すると、ぼくが追ってきたふたりと、そのふたりにしきりになにかいいきかせているらしい、白い法衣をまとった牧師（ぼくし）がいるだけだった。三人はかたまって祭壇（さいだん）の前に立っていた。

なにげなく教会に顔を出した、ひまな人のようなそぶりで、ぼくは教会の中の通路をぶらついていた。すると、おどろくじゃあないか。祭壇（さいだん）の前の三人が、いきなりふりむいたかと思うと、ゴドフリー・ノートンが、いそいでぼくのほうへ走ってきたのさ。

『助かったよ！　きみでいいから、ちょっときてくれたまえ！　こっちへきてくれたまえ！』

と、かれはさけんだ。

『いったい、なにごとですか？』

と、ぼくは聞きかえした。

『いいから、ここにいてくれたまえ。ほんの三分間でいいことなのさ。そうしないと、法的に無効になってしまう』

ぼくは、もう、ほとんど引きずられるようにして、祭壇の前へつれていかれた。気がついたときは、耳もとでささやかれたことばをおうむ返しにつぶやいたり、自分がなにも知らないことを保証したりして、結果的には、独身女性アイリーン・アドラーと独身男性ゴドフリー・ノートンの結婚が、正式に成立することの手助けをしたのだよ。

あっというまに、すべてはかたづき、ぼくの両がわに立っていた紳士と淑女は、ぼくに礼をいった。目の前の牧師も、にこやかにぼくを見ていた。

生まれてこのかた、こんなきみょうな立場になったことはないよ。思いだすと、笑わずにはいられなかったというわけなのさ。

つまり、結婚許可証になにか不備があって、立ち合い人がいなければ式はあげられない、と牧師にいわれていたらしいのだ。そこへ、ちょうどいい具合にぼくがあらわれたので、新郎は立ち合い人をさがしに、通りまで出かける手間がはぶけたということさ。

新婦はお礼にと、一ソブリン金貨をぼくにくれた。今回のできごとの記念に、ぼくはそれを時計のくさりにつけておくつもりさ」

「それはまた、思いもかけないことがおこったものだね。それからどうしたのかい？」

と、わたしはたずねた。

「とにかく、ぼくの計画は、きわめてまずいことになると思った。あのふたりは、すぐにでも新婚旅行に行ってしまうかもしれない。こっちもさっそく、有効な手をうつ必要があると思った。

ところが、ふたりは教会の入り口でわかれると、かれはテンプルへ、かのじょは自分の屋敷へ馬車で帰っていった。

『いつものとおり、五時に馬車で公園へまいりますわ』

ソブリン
一ソブリンは約二万四千円。ソブリンは、ポンドと同じ。

と、わかれぎわにかのじょがいった。そして、それ以上はなにも聞こえなかった。ふたりはべつべつの方向へと走りさり、ぼくも準備をしようと帰ってきたというわけさ」

「準備というと、どういうことかい？」

「コールド・ビーフでビールを一杯ちょうだいしようということさ」

というと、ホームズは呼びりんを鳴らした。

「あまりいそがしすぎて、食事をするのをすっかりわすれていたよ。今夜はもっといそがしくなりそうだ。ところで先生、きみにちょっと手助けしてもらいたいことがあるのだがね」

「よろこんで、てつだうよ」

「法にふれることだけれど、気にしないかい？」

「まったく、平気さ」

「逮捕されるかもしれないよ」

「それなりのわけがあるなら、かまわないがね」

コールド・ビーフ
牛肉を一度調理してから、冷やしたもの。

「もちろん、りっぱなわけはあるさ」

「それなら、なんでもきみのいうとおりにするよ」

「きみならきっと、ひきうけてくれると思ったよ」

「いったい、なにをどうしようというのかい？」

「まあ、ターナー[*29]夫人が料理を運んできてくれてから、すっかり話すよ」

というと、ホームズは下宿の女主人が出してくれた、てがるな料理をがつがつ食べながらいった。

「あまり時間がないから、食べながら話すことにするよ。もうすぐ五時だ。あと二時間のうちに、現場(げんば)に行っていなければならない。アイリーン嬢(じょう)、いやノートン夫人は七時にはもどってくるからね。そのかのじょに会えるように、ブライオニー荘(そう)まで行っていなければいけないのだ」

「それから、どうするのかい？」

「あとは、ぼくにまかせておいてもらおうか。もう、手はずはととのえてある。ひとつだけいっておくけれど、どんなことがおきても、きみに手出しをしてもらってはこまるのだ。わかったかい？」

「知らんぷりでいろということかい？」

「なにも手出しをしてはいけないよ。おそらく、ちょっと気分のよくないことがおこるだろうけれどね。それにまきこまれないようにしてほしいのだ。

そのできごとによって、ぼくはあの屋敷の中へ運びこまれるようになるだろう。そして四、五分後に、居間の窓が開くはずだから、きみには、その窓のそばで待っていてもらいたいのだ」

「わかったよ」

「きみに、ぼくのすがたが見えるようにしておくから、注意して見ていてくれたまえ」

「わかった」

「そして、ぼくがこう手をあげたら、いまからきみにわたすものを部屋の中へ投げいれて、それと同時に『火事だ！』とさけんでほしい。わかったかい？」

「よくわかった」

「これは、べつに危険なものじゃないよ」

ポケットから葉巻形の長い筒を取りだすと、ホームズはいった。

「ふつう、鉛管工が使う発煙筒で、自動的に点火するように、両端に雷管がついているのだ。きみの役目はこれを投げこむことだけだ。あとは、『火事だ！』というさけび声をあげれば、ほかのおおぜいのなかまが、うまくやる手はずになっている。

きみは、通りのはずれまで歩いていってくれたまえ。十分もすれば、ぼくもそこへ行くよ。ぼくのいまの説明でわかってくれたかい？」

「ぼくはなにもしないで、見ているだけでいいのだね。そして、窓のそばで、きみのようすに注意していて、きみが手をあげたら、これを投げこみ、『火事だ！』とさけんで、向こうの町角できみを待っている」

「そう、そのとおり」

「だいじょうぶ。あとは、ぼくにまかせてほしいね」

「それはありがたい。そろそろ、時間になった。ぼくがこれから演じる、あ

発煙筒 けむりを出す装置。鉛管工は、この装置でパイプのひびの場所などをさぐりあてていた。
雷管 火薬を爆発させるための点火装置。

たらしい配役の準備にとりかかるとしようか」

変装するホームズ

寝室にすがたを消したかと思うと、数分後に、ホームズはおとなしくて実直そうな、[*30]非国教会の聖職者すがたになって出てきた。

つばの広い黒い帽子、だぶだぶのズボン、白いネクタイ、いつくしみぶかいほほえみと、あわれみぶかい表情という、全体のイメージはどこから見ても、かれにたちうちできるのは、名優ジョン・ヘア氏ひとりだけだろうと思えるみごとさだった。

ホームズの変装術は、単に衣装をかえるだけではなかった。表情から、身ぶり、心までがあたらしい役がらに応じてかわってしまうように思えた。

ジョン・ヘア
英国の有名な俳優（一八四四年〜一九二一年）。一九〇七年にナイトの位をもらっている。劇の役づくりについて専門的に研究した。

ホームズが犯罪の専門家になったということは、科学界にとっては、ひとりのすばらしい理論家を、演劇界にとっては、ひとりの名優を失ったということに相当するのだ。

六時を十五分すぎたころ、ベイカー街を出て、予定よりも十分早く、サーペンタイン通りについた。

日はすでに暮れかかっていた。ブライオニー荘の前を行ったりきたりしながら、この屋敷のあるじの帰りを待っているうちに、あたりにはガス灯がともりはじめた。ブライオニー荘については、あらかじめ、シャーロック・ホームズの手ぎわのよい説明を聞いてから、想像していたとおりの屋敷を見つけることができた。

屋敷のまわりは、思ったほどしずかではなかった。それどころか、しずかな住宅街の路地にしては、ふつりあいなほどの活気にあふれていた。

町角では、みすぼらしい身なりをした男たちがむらがり、すみのほうで夕バコをふかしたり、楽しげに話していた。

はさみとぎ師が砥石をまわし、ふたりの近衛兵が子もり女といちゃつき、いい身なりの若者が葉巻をくわえながらぶらついていた。

「ねえ、きみ。あのふたりが結婚したことで、少し先が見えてきたよ。これからはあの写真は諸刃の剣になるのさ。

われわれの依頼人が、王女にあの写真を見られたくないのと同様に、かのじょはゴドフリー・ノートンに写真を見られたくないはずだ。となると、問題は、写真がどこにかくされているかだ」

屋敷の前を行ったりきたりしながら、ホームズはいった。

「いったい、どこなんだろうね？」

「かのじょが、はだ身はなさずもちあるいている、とは考えられない。キャビネ判だから、女性のドレスにはかんたんにかくせない。

それに、王が人を使ってかのじょを待ちぶせさせ、体をしらべることだってできることを、かのじょは知っているはずだ。そういうことは、すでに二回も行われているしね。だから、もちあるいているとは考えられないよ」

近衛兵　王室警備にあたる兵隊。

諸刃の剣　両方のふちに刃がついている刀。相手を傷つけようとすると、自分も傷ついてしまうことをいう。

「とすると、どこにあるのだろうか?」

「銀行か弁護士のところか。ふたつとも可能性はある。しかし、ぼくはそのどちらでもないと思うね。女というものは、もともと秘密が好きだから、自分ひとりでかくしたがるものだ。他人にわたしていることはないだろう。それに、自分の手もとにおいておけば安心できるが、銀行にでもあずければ、そちらへ裏から手がまわったり、政治的な圧力がかかるかもしれないからね。

それと、二、三日中にかのじょは、写真を使うつもりでいるということを、わすれてはいけないね。とすれば、すぐに取りだせるところに、置いてあるにちがいない。つまり、自分の屋敷の中にあることはまちがいない」

「どろぼうが二回も入っているのにかい?」

「そう、連中はさがし方を知らなかっただけさ」

「それじゃ、どうやってさがすのかい?」

「さがしたりはしない」

「じゃあ、どうするのかい？」

「かのじょに、教えてもらうのだよ」

「かのじょは、教えてくれないだろう？」

「どうしても、教えなくてはならなくなる。ほら、車輪の音が聞こえる。かのじょの馬車だ。さあ、ぼくがいったとおりに、やってくれたまえ」

とつぜんのけんかさわぎ

ホームズが話しているうちに、ほのかな馬車の明かりが、通りの角をまがってくるのが見えた。

小さくしゃれた四輪馬車の車輪の音が、ブライオニー荘(そう)のドアのところまできたとき、すみのほうでぶらついていた男たちのうちのひとりが、馬車のドアを開けて銅貨にありつこうと前に走りでてきたが、ほかのひとりがそれをおしのけた。

たちまち、ひどいけんかになり、ふたりの近衛兵もそれに加わって、一方を応援すると、はさみとぎ師もかっとなって、もう一方の男の肩をもつというふうで、ますますさわぎが大きくなった。

げんこがとびかい、馬車からおりた女性は、まっ赤になってもがきあっている男たちのかたまりのまん中にまきこまれてしまった。男たちは、こぶしとステッキで、めちゃくちゃになぐりあっていた。

聖職者に変装したホームズは、女性を守ろうとして、その中にとびこんだが、かのじょにやっと手がとどいたそのとき、かれはあっと悲鳴をあげて、地面にたおれ、かれの顔から血が流れでたように見えた。

ホームズがたおれると、とたんに、ふたりの近衛兵はあわててにげだし、浮浪者たちもべつの方角へ、さっとにげていった。すると、今度は乱闘を見守っていた、いい身なりをした人たちが、女性を助け、けが人をかいほうしだした。

アイリーン・アドラーは、——結婚したが、いちおうこう呼ばせてもらうことにする——いそいで玄関の階段をかけあがり、階段のいちばん上で立ちどまった。

玄関の明かりが背に当たり、その美しいすがたはくっきりとうかびあがった。そして、通りのほうをふりかえり、かのじょはたずねた。

「そのお気のどくなお方の、おけがはひどいのでしょうか？」

「死んでいますよ！」

数人の声がさけんだ。

「いや、いや、まだ生きている！」

べつの声がさけんだ。

「けど、病院へつれていくまでは、もたないいんじゃないかな」

「勇敢な人じゃないか」

と、女の声がした。

「このお方がいなけりゃ、あいつらは奥さんのさいふや時計を失敬していたところだよ。あいつらは、ギャングだよ。それも、とても乱暴なやつらなんだ。

あら、この人、息をしているよ。道にねかしておくわけには、いかないよ。奥さん、この人、お宅へおつれしちゃいけませんか？」

「よろしいですわ。居間へ運んでさしあげてください。ねごこちのよいソファーもございますから。さあ、どうぞ！　こちらです」

ホームズは、ものものしくブライオニー荘に運びこまれて、広間にねかされた。わたしはずっと、窓のそばの自分の持ち場で、なりゆきのすべてを見守っていた。

部屋には明かりがついていたが、ブラインドがおろされていなかったので、ソファーに横たわっているホームズを見守ることができた。

このときホームズが、自分の演じた芝居をすまないと思っていたかどうかは、わからない。しかしわたしは、自分がいまから、わなにかけようとしている美しい女性が、気持ちよく、親切にけが人の世話をしているすがたを目の前にすると、自分がはずかしいことをしていると心からくやまれた。

しかし、いまここで、ホームズにたのまれているわたしの役目をほうりだすことは、わたしを信頼しているかれに対する、もっとも悪い裏切り行為となるであろう。

わたしは決心すると、長いコートの下から発煙筒を取りだした。とはいっても、わたしたちはかのじょを傷つけようとしているわけではない。かのじょがほかの者を傷つけるのを、ふせごうとしているだけなのだ。

ホームズはソファーの上におきあがって、いかにも息苦しいというふりをしているのが見えた。メイドがあわてて部屋の向こうはしから走ってきて、窓をさっと開けた。その瞬間にホームズが片手をあげるのが見えた。

そのあいずに答えて、わたしは発煙筒を部屋にほうりこむと、大声で「火事だ！」とさけんだ。

それと同時に、その場にいた紳士も、馬扱い人、メイド、身なりのいい者も悪い者も、やじうまたちはいっせいに、声をそろえて「火事だ！」とさけんだ。

雲のようにこいけむりが部屋の中からまきおこり、開いた窓からもくもくと出てきた。その中で走りまわる人かげがちらっと見えたが、しばらくすると、いまのはあやまりだと、みんなを静めるホームズの声が聞こえた。

わたしは、がやがやとさわいでいる、連中のあいだを通りぬけて、町角へと向かった。

写真のありかを教えたアイリーン

そして十分後には、ホームズとうでを組んで、ほっとしてさわぎの場から立ちさった。ホームズは何分間かだまって、足早に歩いたが、エッジウェア

通りへ出るしずかな小路に入ったところで、口を開いた。

「じつにうまくやってくれたよ、先生。上できだ。これでもう、万事はうまくいったよ」

「写真を手に入れたのかい?」

「どこにかくしているか、わかったのさ」

「どうやって見つけだしたのかい」

「ぼくがいったとおりに、かのじょが教えてくれたのだよ」

「しかし、ぼくには、まだよくわからないが」

「べつに、なぞのままにしておくつもりはないよ。きわめて単純なのさ。通りにいた連中はみなさくらだったということは、きみも知っていただろうね。今夜の仕事のためにやとった連中だよ」

と、ホームズは笑いながらいった。

「そのへんまでは、ぼくにも見当がついていたよ」

「それで、けんかがはじまると、ぼくは、紅を少しとかしたものを手の平に

さくら
観客をよそおい、注目をあつめるように仕向ける人のこと。

かくしもって、とびこんでいった。そして、たおれたそのときに、手でぱっと顔をおおい、あわれなすがたで横たわったというわけさ。古くからあるトリックだよ」

「そのへんのことは、おおよそわかっていたがね」

「ぼくは、屋敷の中へ運びこまれた。かのじょとしては、運びいれないわけにはいかないだろう。ほかに手のうちようがないからね。

しかも、ぼくをまねきいれてくれた居間は、かねてからあやしいと思っていた部屋だ。写真は居間か寝室にあるにちがいない。だから、そのどちらにあるかをつきとめようと思っていたのさ。

ぼくは、ソファーにねかされると、息苦しそうな身ぶりで、窓を開けさせた。そして、次はきみの出番だ」

「あれは、どういう役に立ったのかい？」

「きわめて大切なことだったのさ。自分の屋敷が火事だと知ったときには、女は本能的に、自分がいちばん大切にしているもののところに、すぐに向かうものさ。これはどうすることもできない衝動というもので、ぼくはいままでに、これを何回も利用している。ダーリントンの替玉事件でも、アーンズワース城事件でも、役に立っている。結婚した女なら赤ん坊をかかえるし、未婚の女なら宝石箱をつかむ。今回のあの女性にとって、ぼくたちがさがしている写真よりも、大切なものはない、というわけさ。

だからかのじょは、それをすくおうとかけだしたのだ。きみの『火事だ！』というさけびは、じつにうまかったよ。けむりは出るし、あのさけび声を聞けば、どんなにどきょうのすわった女だって、あわてふためくだろうさ。

かのじょは、みごとに引っかかった。写真は、右手の呼びりん用のひもの、ちょうどま上にある、羽目板のすきまのおくの、くぼみになっているところにかくしてあった。かのじょがあわててそこへとんでいって、写真を半分もちだしかけたのがちらっと見えたよ。

『火事というのはまちがいだ』とぼくがさけぶと、かのじょはそれをまた元にもどして、部屋からかけだしていき、発煙筒をちらっと見て、それきりも

ダーリントンの替玉事件　アーンズワース城事件　ともに、語られていない事件。

どってこなかった。ぼくは立ちあがると、なにか適当に言い訳をしてから、屋敷からにげだしてきたのだ。

かのじょが出ていくと、御者が中へ入ってきて、ぼくをいやにじろじろ見るので、写真をぬすみだすすきがなかった。それにぬすみだすのは、待ったほうが安全だと思ったからね。少しでも軽はずみなことをすれば、全部ご破算になりかねない」

「で、どうするのかい？」

と、わたしはたずねた。

「いまや捜査は終わったようなものだ。陛下と一緒に、あす、あの家をたずねることにするけれど、よければ、きみも一緒にきてほしいね。

ぼくたちは、あの居間に通されて、待っていることになるだろうが、かのじょが部屋にくる前に、ぼくたちも写真も消えているだろうね。陛下もご自分の手で写真が取りもどせれば、ご満足というものさ」

「何時にたずねていくつもりかい？」

「朝の八時にしよう。かのじょはまだおきていないだろうから、仕事がしやすいというものだ。それに、結婚したから、かのじょの生活習慣ががらりとかわるということもある。

ぼくたちも、いそがなければいけない。陛下にも、ただちに電報を打たなくてはならない」

わたしたちはベイカー街にたどりつき、ドアの前に立ちどまった。ホームズがポケットの中でかぎをさぐっていると、通りがかりの人が声をかけた。

「おやすみなさい、シャーロック・ホームズさん」

そのとき歩道には数人の人かげがあり、その声は、いそいで通りすぎていった、長い外とうを着た、ほっそりとした青年の口から出たようだった。

「どこかで聞いた声だね」

ホームズは、うす暗い街灯にうかびあがった通りを見つめていった。

「はて、あれはいったいだれだったかな」

秘密の写真はどこへ

その夜、わたしはベイカー街に泊まった。翌朝、わたしたちが、部屋でトーストとコーヒーの朝食をとっているところへ、ボヘミア国王がとびこんできた。

「手に入ったのか!」

とさけびながら、王はホームズの肩をつかみ、興奮したようすで、かれの顔をのぞきこんだ。

「いや、まだです」

「しかし、のぞみはあるのだな」

「のぞみはあります」

「では、行くとしよう。とてもおちついてはおられぬ」

「馬車を呼ばなければなりません」

「いや、余の馬車を待たせてある」

「それでは、ことはかんたんです」

わたしたちは下へおりると、ふたたびブライオニー荘へと向かった。

「アイリーン・アドラーは結婚しました」

と、ホームズが報告した。

「結婚だと！　いつのことなのだ？」

「昨日のことです」

「しかし、まただれと？」

「ノートンという、イングランド人の弁護士とです」

「だが、かのじょがそのような男を愛したとは思えぬが」

「わたしは、愛していることをのぞんでおります」

「なぜ、そのようなことをのぞむのか？」

「そうしますと、このさき陛下をなやますおそれは、ないかとぞんじます。

もし、あの女性が夫を愛しているとすれば、すでに陛下を愛してはおられないでしょう。

陛下を愛しておられないのなら、陛下のなさることをじゃまだてする理由は、もう、なにもございません」

「なるほど、そのとおりである。ああ、それにしても、なんということだ。あの女が、余と同じ身分であれば！　どんなにかすばらしい王妃となったであろうに！」

王はそういうと、ゆううつそうに口をとじ、サーペンタイン小路に馬車が着くまで、ひとことも話さなかった。

ブライオニー荘の玄関のドアは開いていて、階段の上に、かなりの年かっこうの女が立っていた。かのじょは、四輪馬車からおりるわたしたちを、つめたく笑いながら見ていた。

「シャーロック・ホームズさまでいらっしゃいますね？」

かのじょはいった。

「そうです。わたしがホームズですが」

少しおどろいて、ホームズは、その女の顔をふしぎそうに見つめた。

「やはりそうでしたか。ご主人さまが、あなたがこられるだろうと、もうしておられました。ご主人さまは、今朝、だんなさまとご一緒に、五時十五分チャリング・クロス駅発の列車で、ヨーロッパへ向かってご出発なさいました。──」

「なんだって！」

シャーロック・ホームズは、くやしさとおどろきのあまり、まっ青になると、後ろへたおれかけた。

「かのじょは、イングランドを出ていったというわけですか？」

「もう、お帰りにはなりません」

「とすれば、文書はどうなるのだ。もうどうにもならないのか」

しゃがれ声で、王はいった。

「どうなっているか、しらべてみましょう」

ホームズは、使用人をおしのけて居間へかけこみ、王とわたしも、あとからつづいた。

部屋の中は、そこここに家具がちらばり、たなははずされ、引き出しは開いたままになっていた。おそらく、あの女性が大いそぎでにげだすために、とりちらかしたようであった。

ホームズは呼びりんのひものところに走り、小さな羽目板をひきはがして、手を入れ、そこから一枚の写真と手紙一通を引きだした。その写真は、イブニング・ドレスすがたのアイリーン・アドラーであった。手紙の表には、こう書かれていた。

「シャーロック・ホームズさまへ――おいでになられるまでは、このままにしておくこと」

ホームズは封をひきちぎり、わたしたち三人は、それを一緒に読んだ。前日の夜十二時の日付になっており、文面は次のようなものであった――。

親愛なるシャーロック・ホームズさまへ

たいへんおみごとでございました。完全に、だまされてしまいました。あの火事さわぎのあとまで、わたくしは、まったく疑(うたが)いのかけらも、もっておりませんでした。

けれども、そのあとに、自分がどんなにおそろしいふるまいをしたかに気づきまして、考えてしまいました。もう何か月も前から、あなたさまには注意をするように、といわれていたのでした。

もし、王が探偵(たんてい)をおやといになるとしたら、それはきっとあなたしかいないといわれ、あなたのご住所も聞かされておりました。

それなのに、あなたさまのお知りになりたいことを、わたくしがつい、お教えするようにしくまれました。

わたくしは、おかしいと気づきはじめてからでさえ、あのようにやさしく、親切な老牧師(ろうぼくし)さまが、よもや、と思ったほどでございます。

しかし、ごぞんじのとおり、わたくしも女優(じょゆう)として生きてまいりましたので、男装することなど、わけもありません。

いままでにも、男装のおかげで自由を楽しんだことが、何回かございました。そこで、御者のジョンにあなたさまを見はらせておいて、二階へかけあがり、わたくしが散歩用と呼んでおります服を着ておりてまいりましたら、ちょうどあなたさまがお帰りになるところだったのです。

わたくしは、あなたさまの家の玄関まであとをつけ、わたくしのようなものをねらっていらっしゃるのが、ほんとうにシャーロック・ホームズさまであることをたしかめました。

それからわたくしは、なまいきではございましたが、あなたさまにごあいさつのお声をかけてから、夫に会うために、イナー・テンプルへと向かったのでした。

このようにおそろしい方に追われたときには、にげるほかはないと、わたくしどもふたりは考えました。

ですから、あす、あなたがいらっしゃるときには、もぬけのか

221B

らでございましょう。

写真のことですが、あなたさまのご依頼主の方には、ご安心なさるよう、おつたえください。わたくしは、そのお方よりもよい方と、愛しあっている仲でございます。

そのむかし、つれない仕打ちをうけた者からの仕返しなどは、ございませんので、ご依頼主はご自由におふるまいくださいますように。

あの写真は、わたくし自身のお守りとして、また、あの方が将来、もし、難題をもちかけてこられた場合に、身を守る武器として、手もとに置きたいとぞんじます。

そのかわり、この写真を一枚残してまいります。陛下がおのぞみとあれば、おわたしください。

では、シャーロック・ホームズさま、ごきげんよろしゅう。

アイリーン・ノートン　旧姓、アドラー

「なんという女だ——ああ、なんという女なのだ！」

三人でこの手紙を読みおわると、ボヘミア王はさけんだ。

「だから、じつに頭のよい、すばらしい女であるといったであろう。どんなにか、りっぱな王妃(おうひ)になるであろうに。かのじょが、余(よ)と身分がちがっていたことは、かえすがえすもざんねんである」

「わたくしが観察いたしましたところ、たしかにあの女性(じょせい)と陛下(へいか)とでは、おにつかわしくなさそうでございます」

と、ホームズはひややかにいった。

「陛下(へいか)よりご依頼(いらい)をうけました、この件(けん)につきまして、いま少しご満足いただける結果がえられず、もうしわけありませんでした」

「いや、そのようなことはない。これ以上の成功は、考えられない。かのじょは、やくそくをやぶったりはせぬだろう。写真はもう、焼いてしまったも同様に安全なのだ」

「陛下(へいか)がそのようにおっしゃるのを聞いて、うれしく思います」

「ずいぶん世話になった。どのようにしてこれにむくいたらよいか、いってほしい。とりあえず、この指輪を──」

王はヘビの形をしたエメラルドの指輪を指からはずし、手のひらにのせてさしだした。

「陛下は、もっと貴重なものをおもちでいらっしゃいます」

と、ホームズはいった。

「かまわぬ。いってみよ」

「この写真でございます」

王はおどろいて、ホームズを見つめた。

「アイリーンの写真をか！」

王はさけんだ。

「よかろう。のぞみとあれば」

「ありがとうございます。陛下。

では、この件に関しましてすることは、もう、なにもございませんね。では、ごきげんよろしゅう。これで、失礼させていただきます」

ホームズは、おじぎをすると、王がさしだした手には見向きもしないで、ベイカー街へ向かって歩きだした。


これが、ボヘミア国王をおびやかした、スキャンダルにまつわる事件で、シャーロック・ホームズのすばらしい計画が、ひとりの、すばらしく頭のよい女性によってやぶられた話のあらましである。

以前はよく、ホームズは女性の知恵をあざ笑ったりしていたが、最近は、そういうことを、さっぱりいわなくなった。そして、ホームズは、アイリーン・アドラーのことを話したり、かのじょの写真をながめたりしているときには、いつでも「あの女」という「敬意にあふれた呼び方」を使っているのだ。

物語の中に出てくることばについて

★（　）内はページ

《ライゲイトの大地主》

＊1　リヨン（8）

フランス南東部、ローヌ川とソーヌ川の合流点にある商工業都市。政治、宗教の中心地として発展した。

＊1　リヨン

＊2　かれどくとくの後遺症（8）

ホームズが、事件があるときは活発にいきいきと活動するが、いったん事件が解決してしまうと、うつうつとして一日じゅう、ソファーにうずくまっている状態をさしている。

＊3　ベイカー街（9）

ホームズとワトスンは、この通りの二二一Bに住んでいた、とホームズ物語に書かれてから、ロンドンでいちばん有名な通りになった。当時は、ベイカー街は九二番までしかなかったが、モデルになった場所は、いくつか候補にあげられている。現在の二二一番地を含む場所には高級マンションが建っている。

＊4　サリー州（9）

イングランド（＊6参照）南東部、ロンドンの南にある州。ロンドンに通う人びとの住宅地が多い。

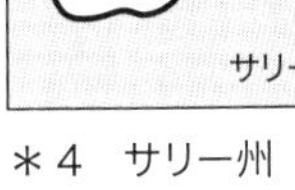

＊4　サリー州

＊5　ホメロス（12）

古代ギリシアの二大叙事詩『イリアス』『オデュッセイア』の作者とされている。アレクサンダー・ポープ（一六八八年～一七四四年）が自ら英訳したホメロスの二作品は、よく売れていたので、ここでは、そのどちらかをさしているのだろう。

＊6　イングランド（16）

イギリスの地域名。グレート・ブリテン島のうち、スコットランドとウェールズをのぞいた地域。

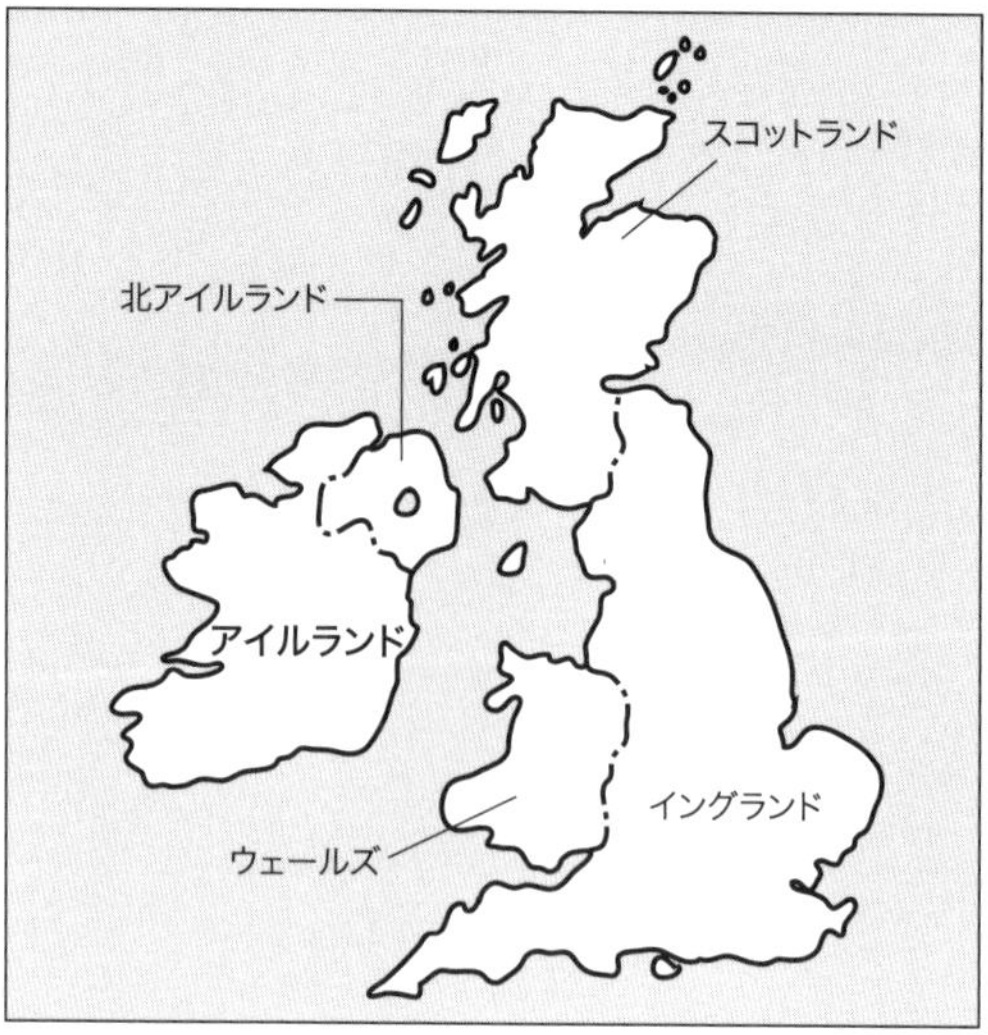

＊6　イングランド

＊7　マルプラケ戦勝記念日（31）

マルプラケの戦いは、ベルギー国境近くにあるフランス北部の村。一七〇九年九月十一日に起きた、スペイン王位継承戦争（一七〇一年〜一七一四年）中に、ここではげしい戦闘がくりひろげられ、イギリスなどの同盟軍がフランス軍に勝った。その勝利の記念日のこと。

《ボヘミアの醜聞》

＊8　ボヘミア的性格（75）

ボヘミアン気質。世の中の習慣や人の目をまったく気にしない、型にはまらない自由な生き方。《グロリア・スコット号事件》では、ワトスンも自分のことをボヘミア的性格だといっているので、ホームズと気が合うのだろう。（ボヘミアは＊17参照）

＊9　コカイン（75）

現代では麻薬に指定されている興奮薬だが、ホームズの時代は、あたらしい健康飲料としてもてはやされていた。コカ・コーラも、当時のものは、その名のとおりコカインの原料となるコカの葉をふくんでいた。

＊10　オデーサ（75）

現在のウクライナ（当時のロシア）の黒海に面した港町。

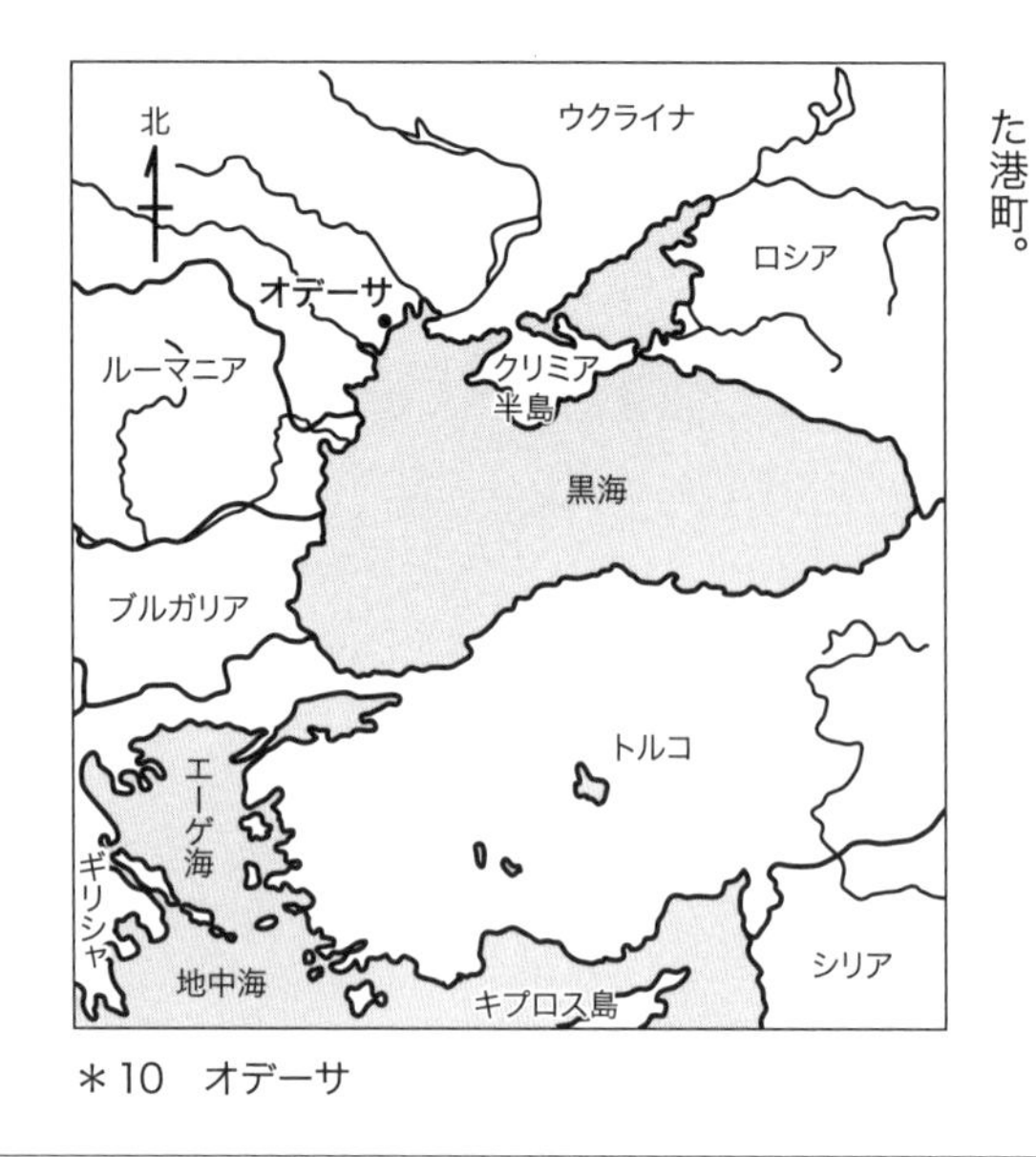

＊10　オデーサ

＊11　トリンコマリー（76）

スリランカのセイロン島にある港町。セイロン島はインドの南にある島。

＊11　トリンコマリー

＊12　妻（76）

ワトスンの妻は《四つのサイン》の依頼人、メアリ・モースタン。事件解決後に、ワトスンはメアリにプロポーズし、めでたく結婚した。

《四つのサイン》は本シリーズに収載予定。

＊13　ガソジーン（78）

炭酸水製造器。上のガラス球に炭酸ガスを出す化学物質を入れ、下の球には水を入れておく。できた炭酸ガスは下の球に入り、水に溶けて炭酸水ができる。それをウイスキーなどに加えて飲む。

ガソジーン

＊14　さきほどの配達（82）

当時ロンドンの中心部では、配達は朝七時から一時間おきに、一日十一〜十二回行われていて、ロンドン市内では郵便物は、その日のうちに配達されていた。

＊15　半クラウン（84）

クラウンは、イギリスの、王冠の模様のある五シリング硬貨のこと。この当時の半クラウンは、現在の日本円で約三千円。イギリスでは硬貨の表には、そのときの国王の肖像がきざまれている。

＊16　エグリア（85）

チェコの西部にある町エゲルをさすのであろう。この地は、カールスバート（＊18参照）から遠くない。エグロウ、エグロニッツは架空の地名。下の地図参照。

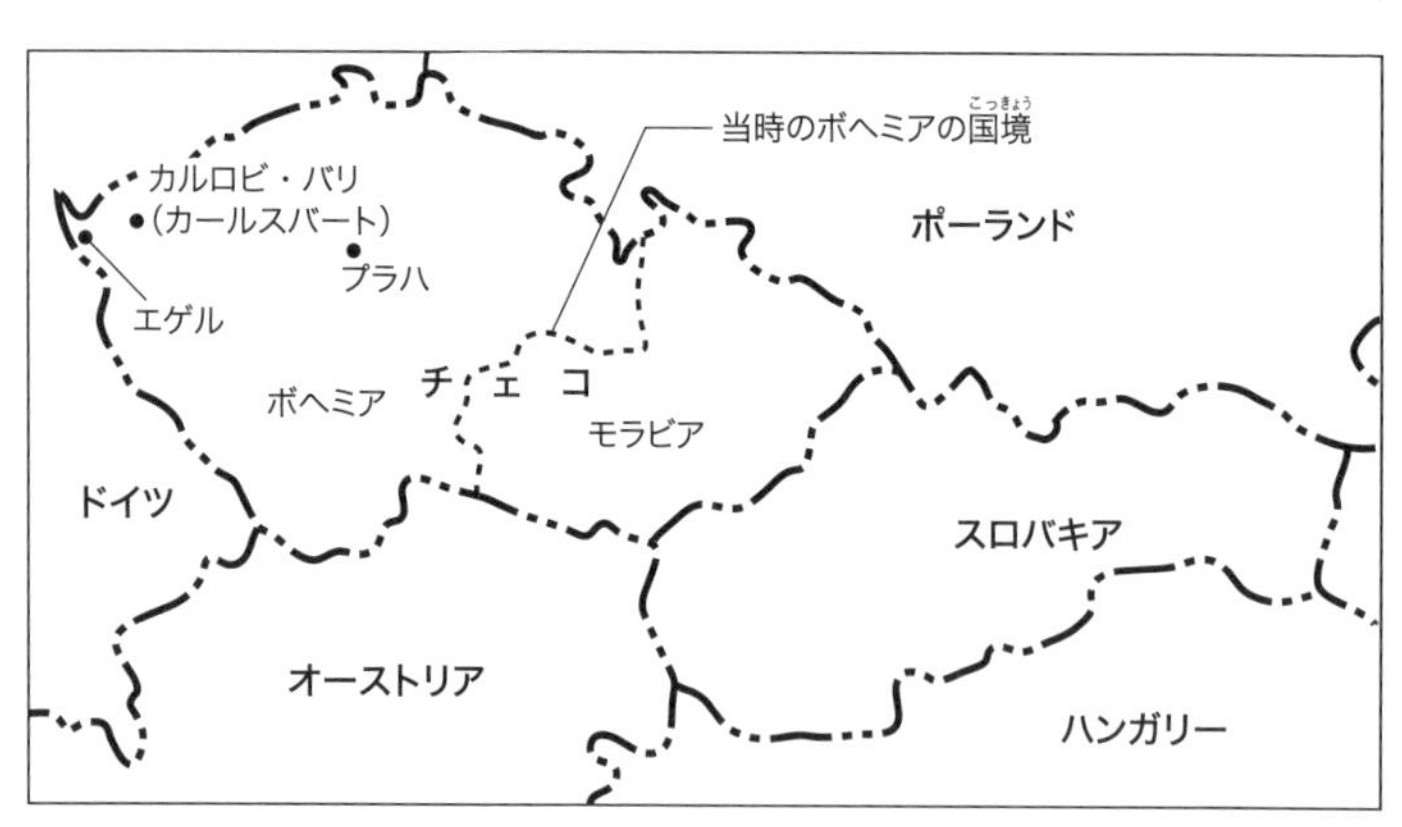

＊16～18　チェコとスロバキアの地図
チェコスロバキアは1993年1月に分離し、チェコとスロバキアそれぞれが独立国となった。

＊17　ボヘミア（85）

チェコの西部地方。中心都市はプラハ。ボヘミアはこの当時、独立国だった。P156の地図参照。

＊18　カールスバート（85）

ボヘミア（チェコ）の西部にある地方都市。黄泉地で有名。現在の地名はカルロビ・バリ。P156の地図参照。

＊19　ギニー（87）

英国の古い貨幣の単位。一ギニーは二十一シリングだった。現在の約二万五千二百円。

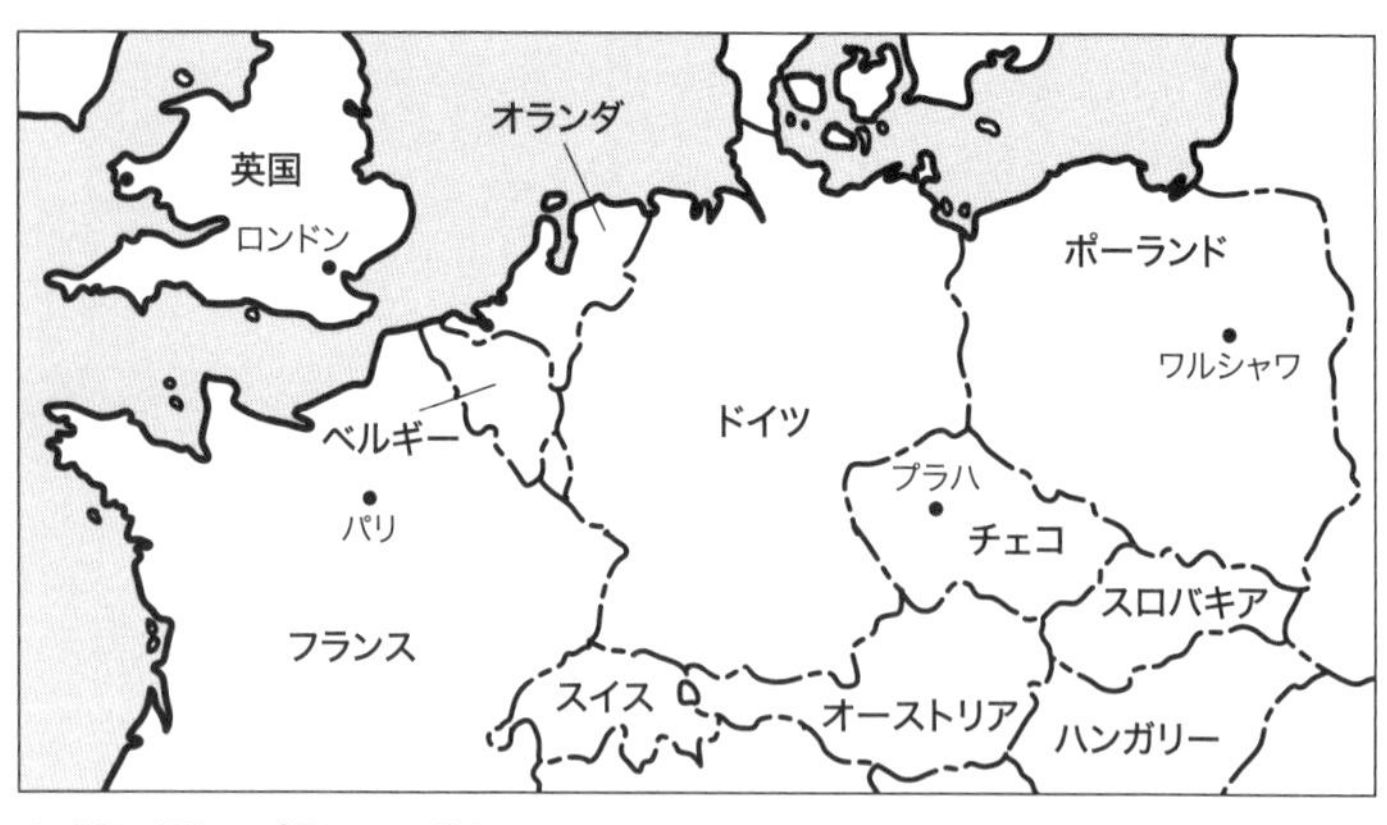

＊20・22　プラハ・ワルシャワ

＊20　プラハ（95）

英語名プラーグ。チェコの首都。世界で最も美しいとされ、都市全体が世界遺産に登録されている。上の地図参照。

＊21　ワルシャワ（96）

ポーランドの首都。ビスワ川に沿う工業都市。十九世紀のはじめ、ワルシャワ公国の首都となった。第二次世界大戦でほとんど破壊されたが、現在はみごとに復興している。上の地図参照。

＊22　スカラ座（97）

イタリアのミラノにある国立歌劇場。一七七八年に、スカラ教会のあとに建てられたのでこう呼ばれる。第二次世界大戦でこわされたが、もう一度建てなおされた。

＊23　スカンジナビア（100）

北ヨーロッパにある大きな半島で、北極海から南につきでている。ノルウェーやスウェーデンなどの国がある。スカンジナビア国は架空の地名。

＊23　スカンジナビア

＊24　ふたつの事件（105）

この事件は、コナン・ドイルが発表した第三番めのものである。ここでは、一番めの「緋色の習作」と、二番めの「四つのサイン」の二事件をさしている。

＊25　ペンス（108）

このころの二ペンスは、現在の約二百円。

当時の通貨は、一ポンド＝二十シリング、一シリング＝十二ペンス。一ペニー、二ペンス、三ペンス……と数える。

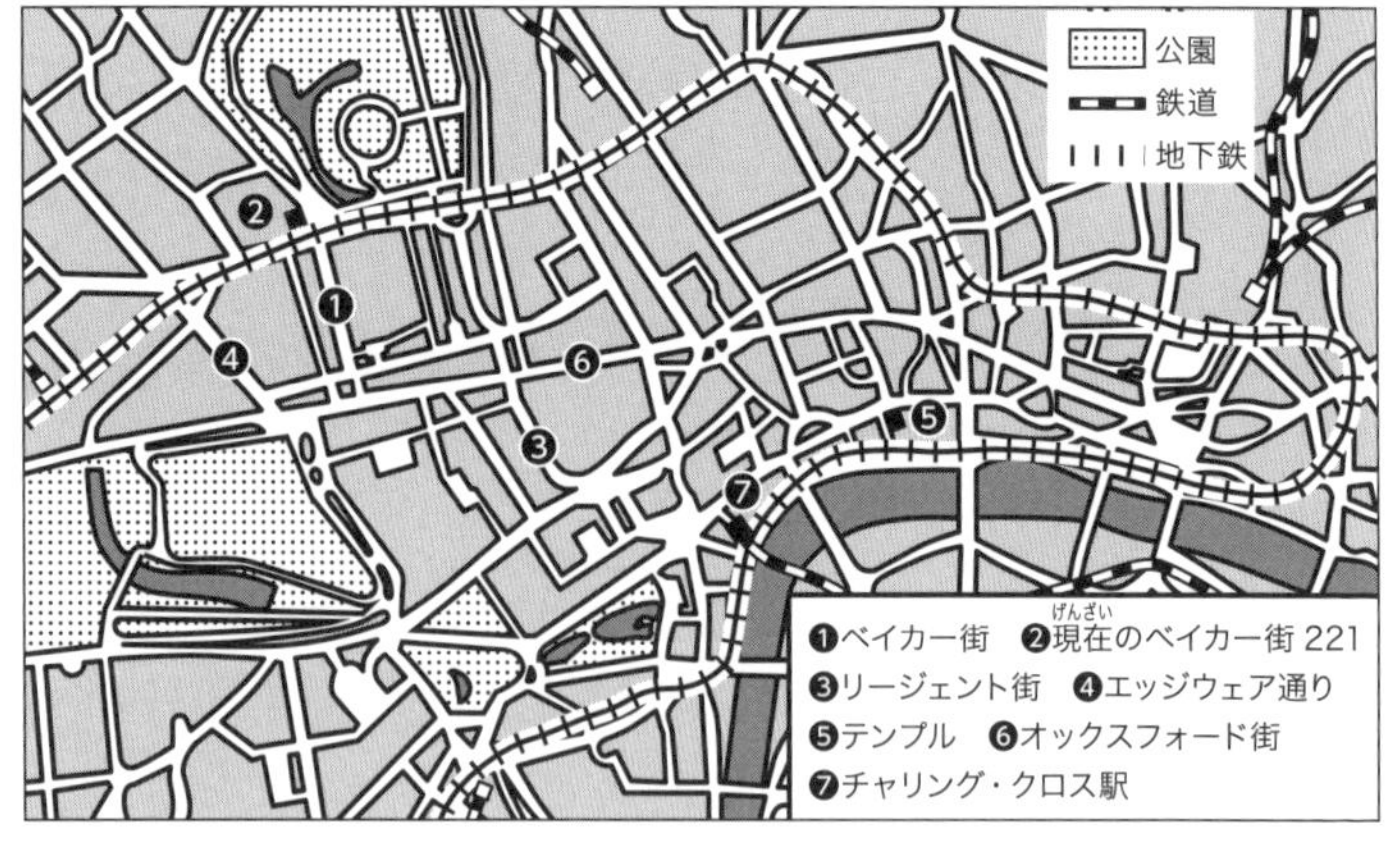

＊26 ～ 28　ホームズのロンドン地図

＊26 テンプル（110）

ストランド街とビクトリア・エンバンクメント（テムズ川の北岸に沿った通り）の中間で、ウェストミンスターとシティの境界にある建物の集まりにつけられた名称。一六〇九年から、イナー・テンプルとミドル・テンプルのふたつの団体が使っている。法律家の集まっている地域。上の地図参照。

＊27　リージェント街（112）

ロンドンでもっとも高級な店のならぶ通り。ひらがなの「し」の字のようにカーブした、たいへん美しい街路で、有名な建築家のジョン・ナッシュが設計した。P160の地図参照。

＊28　エッジウェア通り（112）

ウェスト・エンドにある通り。オックスフォード街から北西にのびている。セント・モニカ教会は、実在の教会ではない。P160の地図参照。

＊27　いまから170年くらい前のリージェント街

＊29 ターナー夫人 (118)

『ボヘミアの醜聞』にだけ登場する女性。下宿の主人ハドスン夫人の友人か？　たまたまこの事件のときに、ハドスン夫人は家を留守にしたので、かわってターナー夫人が、ホームズの食事の世話をしていたのだろうといわれている。

＊30 非国教会 (121)

英国国教会に属さないキリスト教会。英国の多くの教会は英国国教会に属している。また国教会派の牧師に変装することは、当時法律で禁じられていた。

非国教会の牧師に変装したホームズ

＊31 チャリング・クロス駅 (140)

サウス・イースタン鉄道のロンドン終着駅。一八六四年に、ストランド街とビクトリア・エンバンクメントのあいだに建設された駅で、ホームズ物語には、しばしば登場する。ロンドンの中心にある。

当時のチャリング・クロス駅。上層階はホテルになっている。

ホームズをもっと楽しく読むために

小林　司　東山あかね

●この本の作品について

この本には、八番めに発生した事件《ライゲイトの大地主》と、九番めに発生した事件《ボヘミアの醜聞》をおさめました。

ホームズ物語のほとんどは、「ストランド・マガジン」という雑誌に発表されましたが、《ボヘミアの醜聞》は、同誌に掲載された最初のホームズ物語です。読者から大好評でむかえられたこの作品は、いわば、ホームズ物語のトップ・バッターともいえます。

きみも名探偵になれる？

《ライゲイトの大地主》

これは、一八九三年六月に発表された作品で、事件は一八八七年の四月におきた、とワトスンが書いています。ドイル自選では第十五位です。

ライゲイトはロンドンの中心から三〇キロほど南にある町で、ロンドン南端のウォータールー駅から、一時間半ほどで行けます。わたしたちも行ってみましたが、小さな駅には、当時駅員がひとりしかいませんでした。物語に出てくる大地主の家はどれだろうとさがしていたら、ドランド街五〇に、それらしい屋敷がありました。緑が多い道を駅にひきかえすとちゅうで、初老の男の人が馬に乗って散歩をしていました。昭和初期の旧軽井沢の別荘地帯とよくにた風景です。この殺人事件には、たいした推理は使われていませんが、探偵術の奥義をホームズがもらしています。

「たくさんの事実のうちで、どれがぐうぜんのできごとであり、どれが必然的なできごとであるかを、見定める能力が必要である」とか、

「けっして先入観をいだかず、事実がみちびいてくれる方向に、すなおに従う」などがそれです。

ホームズは、わざと家具をたおした。《ライゲイトの大地主》より。絵/シドニー・パジット。

しらべてみるおもしろさ

また、ホームズの口ぐせ「なに、初歩的なことだよ」をどこかで聞いたことがある

でしょう。この事件で出てくるせりふのひとつを「いや、これはまだほんの初歩です」と、訳している本があります。しかし、この英文をしらべてみると、「バット・ベリー・スーパーフィシャル」（ほんの表面上のこと）となっており、「初歩の」を表すエレメンタリーではありません。じつは、ホームズが、そんな決まりもんくを話したことは、一度もないのです。米国の有名なホームズ役者であったウィリアム・ジレットが、キャラバッシュの大きなパイプと一緒に、「イッツ・エレメンタリー」（それは初歩）といってから、みんなが、ホームズのことばだと思いこんだようです。

アレクサンダー・ポープが訳したホメロスの作品（『イリアス』や『オデッセイア』）とか、「マルプラケ戦勝記念日」「治安判事」など、日本人にはなじみのうすい事物が出てくるのをしらべてみると、意外にもおもしろいことを発見できるかもしれません。

カニンガム親子に殺されかけるホームズ。《ライゲイトの大地主》。絵／パジット。

《ボヘミアの醜聞》
歴史小説作家になりたかったドイル

この作品は、一八九一年七月に「ストランド・マガジン」に発表され、その中で、これは一八八八年三月におきた事件だと、ワトスンが書いています。

著者コナン・ドイルの自選第八位に入っていますし、英語の教科書などにも採用されることが多いので、ホームズ物語の中では、できがよい作品、ということになっているようです。

この作品を書く前には、ドイルは《緋色の習作》と《四つのサイン》という、ふたつの長編小説を発表しているだけでした。《緋色の習作》は、読者にほとんど無視されてしまったし、《四つのサイン》でも、まだそれほど、有名になっていたわけではありませんでした。

「ホームズは、自分を大作家に仕立ててくれるほどの人物ではない」と思っていたドイルは、自分の出身地エジンバラが生んだ大作家、ウォルター・スコットが書いたような歴史小説を書きたいと考えていました。この考えは終生かわらず、探偵小説作家と呼ばれるのをいやがって、歴史小説作家といわれたいとのぞんでいたのです。

これまでにも『マイカ・クラーク』という歴史小説を書きましたが、評判になりませんでした。それにこりずに『白衣の騎士団』という歴史小説を《四つのサイン》と並行して書きました。百五十冊以上の参考文献を読んだうえで、十分な下調べをし、歴史を絵巻物にしたような、騎士道物語を書いたのです。一八九〇年に、これを書きあげてはいたものの、ドイルはまだ、作家に転業する決心がつきませんでした。

ロンドンで眼科を開業

一八九〇年十月、医師の団体旅行に参加して、ドイツのベルリンへ旅をしたときに、列車の中で、ロンドンの皮膚科専門医マルカム・モリスが、「きみはポーツマスなんかにいて、時間をむだにしている。ロンドンで開業したまえ。そうすれば患者もたくさんくるし、小説を書く時間だってある」とドイルに話しました。

ドイルはすっかりその気になって、ポーツマスの医院をやめてしまい、一八九一年一月五日にウィーンへ行って、眼科学の勉強をはじめたのです。ウィーン大学で、医師向けの短期集中眼科学講座が有名なフックス先生によって行われていました。その講座には、ヨーロッパ各地から受講生が集まっていました。しかし、ドイルはドイツ語がそれほど得意ではなかったらしく、眼科学の習得はあやしいものでした。

帰国後はロンドンの南郊外にあるノーウッドのテニスンロード十二番に転居して、短編小説を考えながら、ロンドンのベイカー街近くのアッパー・ウインポール街二番で四月六日に眼科医を開業しました。

作家への道を決めた意外なきっかけ

ドイルがロンドンで眼科医を開業した一八九一年には、ジョージ・ニューンズが、「ストランド・マガジン」を創刊しました。日本でいえば、「文藝春秋」のような雑誌で、二ページに一枚のイラストを入れ、おもしろい読みものを載せるのです。創刊号は三十万部も売れました。

ボヘミア王がホームズの部屋にあらわれた。《ボヘミアの醜聞》より。絵 / パジット。

ドイルは、かねてから考案中だった短編小説《ボヘミアの醜聞》の原稿を出版代理人A・P・ワットにわたしました。「ストランド・マガジン」編集長のスミスは、この作品を気に入り、同じ主人公が登場する短編を、六回連載してくれとドイルにたのむことにしました。このときの契約では、一回分が三十ギニーであり、長編《緋色の習作》でもらった二十五ポンドよりも高かったのです。労働者が半年でかせぐ給料を、ドイルはわずか一週間で、手に入れることになりました。

《ボヘミアの醜聞》をわたしてから一か月以内に、これにつづくホームズものの短編をみっつ書きあげたときに、ドイルはひどいインフルエンザでたおれました。一八九一年五月はじめのことです。

病気でねているあいだに、ドイルは医師をやめて、作家として生きていこうと決心したのです。この転業の決心がうれしくて、かれはハンカチを天井へほうりあげました。

それから二か月後に《ボヘミアの醜聞》が雑誌に載ると、予想外の大好評で、ホームズは実在の人物だと思いこんだ人たちが、ベイカー街二二一Bをさがすようになりました。

残された多くの疑問

《ボヘミアの醜聞》は、このように、ドイルを一躍有名作家にした作品なのですが、推理小説として見ると、それほどすぐれた内容ではありません。

トリックや推理はほとんどないし、話のすじも、米国の作家エドガー・アラン・ポーが書いた『ぬすまれた手紙』にそっくりなので、多分これを下じきにして、ドイルがまねたのだろうといわれています。

それでは、この作品がなぜそんなにもてはやされたのでしょうか。

少しかわり者のホームズという人間が、じつにいきいきとえがかれていること、テンポの速い物語の展開ぶり、予想外のことが次つぎにおきる意外性、どうなることかと心配させるスリル、だいたんな冒険、男と女の知恵くらべ、恋愛めいた心の動き、などたくさんの要素がかさなりあって、読者の人気をあおったのでしょう。

しかし、よく考えてみると、この作品には、どうも納得できない点がいくつもあります。

①国王が取りもどしたがっていた写真には、いったいなにがうつっていたのでしょう。一枚の写真が、それほど役に立つものでしょうか。

②結婚式を大いそぎで行ったようすがきみょうです。両親や親戚もまねかず、立ち合い人も用意していません。式の前に、それらしいしたくもしないでおいて、二十分でかけつける結婚式があるものでしょうか。

エドガー・アラン・ポー
（1809年〜1849年）

「ホームズさん、こんばんは」と、だれかが声をかけた。《ボヘミアの醜聞》より。絵／パジット。

③いつもは人通りが少ない道路に、その夕刻だけ、おおぜいの人がたむろしていて、しかも馬車が着くとけんかがはじまるなんて、どうみてもわざとらしいですね。

④火事さわぎも、けむりばかりで火が見えないのですから、だまされてうろたえる人は、いないような気がします。

　こう考えてくると、どうもこの話には、つじつまの合わないところが多すぎるので、なにかの理由で、ほんとうのすじを書けなくなったドイルが、わざと人物やすじの一部をすりかえて、うその物語を発表したのではないか、と疑う人も出てきました。

　アイリーンは、ホームズの妹ではないかとか、アイリーンと結婚したのはノートンでなしに、じつはホームズ自身だったのだが、いいにくいのでワトスンをだましたのだとか、いろいろな説があります。

　読者のみなさんも、もっと納得できる、ほんとうらしいすじがきを考えてみてください。

●ホームズがかつやくしたころの、旅行のようす

百年前の旅のようす

ホームズ物語には、汽車で旅をする話がいくつも出てきますし、船の旅も《アビ農園》その他にえがかれています。《最後の事件》では、カンタベリーを通ってスイスへ行く旅行が出てきます。百年前の乗り物や旅行事情は、どのようなものだったのでしょうか。

汽車がないころは、馬車が唯一の乗り物でした。

一八三〇年九月十五日、英国のマンチェスターとリバプールのあいだに、蒸気機関車による公共鉄道が開業したときのことです。

マンチェスターを発車した一番列車が、リバプールとの中間地点にあるパークサイド駅で、給水のために停車しました。

この列車には、開通式にまねかれた市長、その他のえらい人たちが、おおぜい乗っていまし

スチーブンスンのロケット号。

山越えする馬車（絵／ルドルフ・コラー／1874年）。当時の旅のようすがしのばれる。

た。その人びとは、それまで汽車を見たことがなかったので、すぐにとびおりて、「これが汽車というものか」と車輪にふれたり、大さわぎをしていました。

そのとき、リバプールを発車してマンチェスターに向かう、ロケット号が近づいてきたのです。しかし、馬車より速い乗り物を見たことがない人びとは、「まだ当分は近くまでこないだろう」とゆだんしていたし、反対側のレールを走ってくることも知りませんでしたので、あっというまに到着した汽車に、ハスキンスン議員がひかれてしまいました。

万事こんな具合で、人びとが汽車になじむまでには、時間がかかりました。せっかく鉄道が開通しても、「ストーブが走っているような、けむりをはくおそろしい乗り物には、乗る気にならない」といって、だれも利用しなかったのです。

一八五一年に、ロンドンのハイドパークの水晶宮で開かれた、第一回万国博覧会のときに、汽車の乗車券と入場券とをセットにしたパック団体旅行を英国ではじめて計画したのが、一八四一年に設立された旅行会社のトーマス・クック社でした。パック旅行で手軽に鉄道を楽しんだ人たちが、ようやく汽車に乗って旅行するようになったのです。

各地に残るドイルの足あと

当時、英国はいまよりもっとゆたかでしたし、鉄道が他国に先がけて行きわたった国でしたから、旅行が人びとの楽しみとしてひろまることも、他国より早かったのです。その証拠は、いたるところに残っています。

わたしたちがスイスを旅したときにも見ましたが、ジュネーブ、ベルン、チューリッヒなどの大都会には、英国の都市名をつけたホテルがあり、ローヌ川から少し北へ入ったロイカーバードという山の中の町にさ

田園地域と都会をむすぶ、乗り合い馬車（1890 年）。

ロンドン・アンド・ノース・ウェスタン鉄道の蒸気機関車（1885年）。

え、ホテル・ル・ブリストルがありました。

そこからさらに北へ入った、山あいの小さな町カンデルステックには、古いホテル・ビクトリアが、その北にあるマイリンゲンにもビクトリア・ホテルがあります（これは、《最後の事件》でホームズが旅したルートにある町なのです）。

ビクトリアとは、もちろん英国のビクトリア女王（在位一八三七年～一九〇一年）の名にちなんだもので、おそらく、一八七〇年ごろから、英国人がスイスへ旅行するようになって、ホテルやレストランなど、旅行者に必要なものを開発したのでしょう。

当時のスイスは、日本と同様に、すべてを英国からとりいれており、たとえばスキーも、英国の旅行者がはじめてもちこんだものです。

この旅行者というのが、じつは、ホームズ物語の著者コナン・ドイルでした。妻ルイーズが、当時治らない病気とされていた肺結核におかされ、有名な結核療養所（サナトリウム）があったダボスへ転地療養をした一八九三年に、ドイルが、北欧のスキーを、ダボスに紹介したのでした。

それまでは、まずしい寒村にすぎなかったダボスの町は、その後は世界でも有数のスキー場になりました。いまもスキー客でにぎわっているのは、ドイルのおかげだというので、ダボスの公園には、その旨をしるした、ドイル記念碑が建てられています。

ダボスにある「ヴィラ・アムシュタイン」には、スティーブンスン（『宝島』や『ジキル博士とハイド氏』を書いた英国の作家）や、トーマスマン（この地を舞台にした小説『魔の山』を執筆した）とならんで、コナン・ドイルが滞在したという記念プレートがつけられています。

ところが二〇一四年に、スイス在住のメアさんと、日本の遠藤尚彦さんふたりの研究家によって、ここにはコナン・ドイルは滞在していなかったことがわかりました。プレートはあやまった情報によって付けられたということです。

ドイルはヴィラの少し上にあるヴァルト・ホテル・ダボスにも宿泊したことがありました。

ダボスでドイルがどこに泊まったのか、泊まらなかったのかを百年以上も前の宿泊者名簿をたどって追究するのはすごいことですね。

クリノリン・スタイル

バッスル・スタイル

かわったもの、かわらないもの

　わたしたちがスイスを旅行したときは、みな百年前のホームズ時代の服を着ていったので、ビクトリア朝時代の人たちが、どんなようすで旅をしたのかが、よくわかりました。

　女性は、腰の後ろにバッスルという、まくらのようなものを入れて、おしりの上をふくらませ、地面を引きずるすその長いスカートをはいていたのですから、乗り物の乗り降りばかりではなく、山歩きなどにもたいそう不便でした。

　また、スカートをふくらませるために、こうもりがさのように、クジラのひげなどを入れたクリノリンも使っていたので、それが戸口に引っかかって、列車をおりるときに、ころんだ人も少なくなかったようです。

　豪華列車、プルマンカーに食堂車がついたのは一八七九年のことです。その列車が最初に運行されたのは一八八一年、ロンドン～ブライトン間でした。ブライトンは当時、王侯貴族たちのおとずれるリゾート地として有名でした。現在でもロンドンから列車で一時間ほど。美しい海岸線と歴史的な建造物があり、レジャー施設も整っています。

人びとをかえた鉄道の発達

英国は一八五〇年ごろから一八七五年ごろまでに経済がさかえ、それとともに、国民の視野がひろがりました。ロンドンへもてがるに行けるようになったので、それまでの地方での生活がくずれていきました。

カンタベリー駅のプラットホームにおりたったホームズとワトスン。絵/パジット。

蒸気機関車を発明した、ジョージ・スチーブンスンが、「労働者が旅行するのに、徒歩で行くよりも、汽車を利用するほうが、やすあがりになる」と、早くから予言していたことが、一八七〇年代までに実現したのです。

鉄道会社は、大衆用の三等列車を走らせても、採算がとれるみこみがあるのに気づ

列車のコンパートメント（車室）内のホームズとワトスン。《白銀号事件》より。絵／パジット。

きました。

田園地域から何日もかかって大都会まで歩いていく必要は、もうなくなりました。人びとが都会に出たり、外国へ旅したりして、自分の目で、いろんなことをたしかめることができるようになったことが、人びとの考えをかえるのに、大きな影響をあたえました。

それ以前には、貴族の子弟が、メイドや医師、執事、コックなどまでひきつれて、四頭立ての馬車をつらねて、ヨーロッパ大陸の諸国を旅行してまわった、「グランド・ツアー」が唯一の旅行だったのに、十九世紀後半になると、一般大衆も、英国内だけでなしに、ヨーロッパ大陸へ旅することができるようになりましたし、インドやオーストラリアから、英国へ旅行する人も多くなったのは、ホームズ物語にえがかれているとおりです。

しかしながら、船の旅はまだ、帆船が多かったのです。

蒸気船は、一八四〇年に六百隻しかなく、一八九七年に八千五百隻となっていますが、

3本マストの帆船(はんせん)。

一八七七年ごろまでは、蒸気船(じょうきせん)よりも帆船(はんせん)の総(そう)トン数のほうが多かったようです。ホームズ物語にも、グロリア・スコット号などの帆船(はんせん)が出てきますね。

同じ「旅行」ということばでも、現在(げんざい)の旅行と、ホームズ時代の旅行とでは、ずいぶんようすがちがっていることを考えに入れないと、小説を読む場合にも、内容(ないよう)を正しくつかむことができません。

※この本に出てくる「英国」とは、イギリスのことです。

★作者

コナン・ドイル（Sir Arthur Conan Doyle）

1859 年、スコットランド・エジンバラに生まれる。エジンバラ大学医学部を卒業して医院を開業。1887 年最初の「シャーロック・ホームズ」物語である『緋色の習作』を発表。その後、医師はやめ、60 編におよぶ「シャーロック・ホームズ」物語を世に送りだした。「シャーロック・ホームズ」のほかにも SF や歴史小説など多数の著作を残している。1930 年 71 歳で逝去。

★訳者

小林　司

1929 年、青森県に生まれる。東京大学大学院博士課程修了。医学博士。精神科医。フルブライト研究員として渡米。上智大学カウンセリング研究所教授などをへて、メンタル・ヘルス国際情報センター所長。世界的ホームズ研究家として知られる。ベイカー・ストリート・イレギュラーズ（BSI）会員。1977 年日本シャーロック・ホームズ・クラブ創設・主宰。
主な著書は『「生きがい」とは何か』『脳を育てる　脳を守る』など多数。
2010 年帰天。

東山あかね

1947 年、東京都に生まれる。東京女子大学短期大学部卒業の後、明治学院大学卒業。夫小林司とともに日本シャーロック・ホームズ・クラブを主宰しホームズ関連本を執筆する。

ベイカー・ストリート・イレギュラーズ（BSI）会員。社会福祉士、精神保健福祉士。

小林との共著は『ガス燈に浮かぶシャーロック・ホームズ』『裏読みシャーロック・ホームズ　ドイルの暗号』『シャーロック・ホームズ入門百科』など、訳書『シャーロック・ホームズの私生活』『シャーロック・ホームズ 17 の愉しみ』『シャーロック・ホームズ全集』（全 9 巻）など多数。

単著は『シャーロック・ホームズを歩く』『脳卒中サバイバル』。

編集　ニシエ芸株式会社（森脇郁実、大石さえ子、高瀬和也、中山史奈、是村ゆかり）
校正　ペーパーハウス
装丁　岩間佐和子

＊本書は 1990 年刊「ホームズは名探偵」シリーズ 5『ボヘミア王の秘密』に加筆・修正し、イラストを新たにかき下ろしたものです。

名探偵(めいたんてい)シャーロック・ホームズ
ボヘミアの醜聞(しゅうぶん)

初版発行　2024年8月

作／コナン・ドイル
訳／小林司　東山あかね
絵／猫野クロ

発行所　株式会社 金の星社
〒111-0056 東京都台東区小島 1-4-3
TEL　03-3861-1861（代表）　FAX　03-3861-1507
振替　00100-0-64678
ホームページ　https://www.kinnohoshi.co.jp

印刷　株式会社 広済堂ネクスト　製本　牧製本印刷 株式会社

182ページ　19.4cm　NDC933　ISBN978-4-323-05989-1

乱丁落丁本は、ご面倒ですが小社販売部宛にご送付ください。送料小社負担でお取り替えいたします。